異邦人の孤独を生きて

——ある邦人女性のウィーン回想

戸口英夫

鳥影社

異邦人の孤独を生きて——ある邦人女性のウィーン回想　目次

異邦人の孤独を生きて——ある邦人女性のウィーン回想

ここ、消えゆく者たちのなか、傾きの国にありて
鳴りつつすでに砕けゆく、響きうるわしグラスであるがよい

リルケ『オルフォイスによせるソネット』

序章　回想のはじめ

白いレースのカーテンを通して晩秋の淡い光が部屋に流れこんでいる。まだ四時まえというのに、もう外は暗くなりはじめ、一日の最後の残光がむかいのポプラの木々をやわらかくつつむなか、ときおり微風を受けてその小さな枯葉がチラチラ動いているのが見える。木々の下部はすでになかば夕闇に沈んでしまった。かなたにはハイリゲンシュタット公園の高い木々がなお夕日をあびて弱く輝き、眼下にはヴェルトハイムシュタイン公園が谷間に沈むように低く横たわっているが、なだらかに斜面を下降してゆくこの公園の低地にはもう夕闇が支配し、ただ木々の先端部が残光のなかにほのかに浮かんでいるだけだ。公園入口の古い屋敷のまえに立つ樹齢二百年をこえると思われる太いブナ――この木を眺めるのが私は好きだ、この界隈《かいわい》でもっとも立派なブナのひとつだから――、それもしだいに闇のなかへ沈みつつある。ときおり下の道を車が通り、一瞬ヘッドライトの光が流れるが、たちまち周囲はまた闇につつまれる。夫の秀樹《ひでき》さんが早めに帰宅したのかと思ったが、ちがうようだ。もうすぐポプラの上に星がひとつ出るだろう。古い屋敷にはすでに弱い灯りがいくつかともっている。

ここはウィーン十九区のオーバーデープリング地区である。私は毎日この時刻に三階の窓辺のソファに座って窓外の風景を眺めるのだが、これが私の習慣になって、もう十年にもなるだろうか。私がこのアパートに住むのも、もう二十年以上になり、この町に住むようになったときから数えると、かれこれ三十年が経ってしまったことになる。

時間というものはまさに生き物だ。それは容赦なく流れ、過ぎ去り、人を奪い去り、生命に充ちた現実を忘却のうちへ押しやるものであって、私はその強力な流れに翻弄されて生きてきた。とくにこの夕暮れの時刻、部屋を闇がつつんでゆくときに、私は思い出に沈み、その激しい流れを、ほとんど肉体的に意識する。

今年の九月、私は十年ぶりに故国に帰り、三週間滞在した。その世田谷の実家では、妹の三枝《さえぐさ》愛里《あいり》と久しぶりに会った。すでに両親はなく、肉親といえば、この愛里だけである。

その滞在中、母校の大学で開催されたドイツ文学の学会に出席した。広いキャンパスにはいくつか新しい建物ができていた。学会では数人の旧友と話したが、そのなかに一時期おそらく恋愛関係だったといえる鳥居峯夫《みねお》さんがいた。

そのあと仕事上の用事がらみで、ふたたび彼と新宿で会って食事をしたが、髪はいくらか白くなっていたものの、その雰囲気は変わっていなかった。はじめ、ふたりともいくらか緊張していたが、話すうちに舌がなめらかになっていった。私は翻訳を生業にしていることを伝え、いまとりかかっている日本昔話の英訳とドイツ語訳に関連して、ドイツ文学者である彼の助力を仰ぎたいと依頼したところ、快諾してくれた。

そのとき初めて知ったのだが、彼は最近奥様を亡くしていた。別の友人から聞いたところでは、鳥居夫妻はたいへん夫婦仲がよかったそうで、それは新宿で会っているときにもうかがえた。私にたいしては、つとめて平静を装っていたが、独りになった寂しさは言葉の端々に現れていたし、私はできるかぎり親身に旧友の言葉に耳を傾けていたけれど、さすがにその重さに耐えがたくなって、ついきつい言葉をぶつけてしまった。

そのとき私は、なつかしさの感情をいだきながらも、彼を客観視している自分に気がついた。そう、彼と私のあいだにはこえがたい距離があった、時間という名の距離、深い断層が。思えば別れてからもう三十年以上も経っているのだ。時間はすべてを押し流し、その空白はおおいがたく私たちのあいだに存在していた。私はもう以前の私ではない。彼も以前の彼ではないのだ……。

窓の外はすっかり暗くなった。私は電気もつけずソファに座って、いつもこの時刻にそうであるように、回想にふける。立ちあがるのもおっくうだ。が、とうとう部屋に灯りをつけた。色あせた花柄の壁紙がはられた部屋は二十六平方メートルほどの広さであり、私はここを居間兼仕事部屋として使っている。窓辺に置いた古いソファ・セットの隣には百年も経っていそうな重厚な机とモケット張りの椅子がある。反対の壁際には天井まで届くマホガニーの書棚が二つある。床には、ところどころ擦りきれ、だいぶ色あせたペルシャ風の赤い絨毯《じゅうたん》が敷かれている。隣室にはベッドともうひとつ書棚があり、ほかに簡単な食卓セットのあるキッチン。部屋といえばこれだけだ。仕事部屋は東と北に面した角部屋で、窓からは眼下に公園が見えるので、いながらにして四季の移りゆきを見ることができる。私はこの風景をとても愛している。私の日課になっているのが、この窓ガラスを丹念に磨くことだ。

あまり食欲はないが、もうすぐ夫が帰ってくる。キッチンに行って、冷凍の魚を煮る用意をする。夫は煮魚が好きだ。紙の箱に入った冷凍のタラを出して、鍋に入れる。ご飯はもう炊けている。あとは玉ねぎとハムを入れて、オムレツをつくろう。

下の道路にはたまに車が通るが、あとは深い静寂。それにしても、なんという静けさだろう。周りからはコトリとの音も聞こえてこない。音楽もテレビの音も、なにも。どこか遠くで犬が鳴くが、それが静寂をいっそうきわだたせる。アパートにはほかに三世帯住んでいて、二世帯は老夫婦、一世帯だけ若い夫婦だが、みなじつに静かに暮らしている。ウィーンは静寂の町というが、まったくその通りだ。とくにこの地区は。

夫の帰宅まで仕事をしようと思って、このところ毎日読んでいる日本の長編小説を読みはじめる。しかし今日は、どういうわけか身が入らないまま、本を閉じる。鳥居さんの顔がまた浮かぶ。いったいどういうわけだろう、もう五十代半ばにもなって、昔の恋人の顔が浮かぶなんて。私の神経が高ぶっているのだろうか、それとも心が弱っているのだろうか。ああ、時間はなんと速く流れてゆくことだろう。過去はもう絶対にとり返せないし、二度と青春の甘美な時は戻らない。

調理の合間に居間の大きな鏡を見た。かつてあれほど艶やかだった黒髪には何本も白いものが混じっている。まだ顔にはさしてしわはないものの、以前のような張りや透明さは失われかけている。ただ、学生時代あんなに鳥居さんを魅了した形のよい唇はいまも健在だ。そしてやはり彼がうっとりと見入った深みのある黒い瞳も。それはいま、夫である秀樹さんの目をひきつけてやまないようだ。

だが、このあいだ鳥居さんと会っていたとき、どうしてもっとゆっくりと話をしなかったのだろう。どうしてもっと長く一緒に過ごさなかったのか。失われた時間が一瞬戻りかけたのに。でも、この歳になってこんなことを考えるとは、私はどうかしているのだろうか。彼はいぜん夫人を愛していた。だから、たとえ短いあいだでも、私の入る余地などないのだ。それを感じたとき、彼にたいして一挙に距離ができ、奇妙ないらだちをおぼえた。だが、それでいい。私にも夫がいるではないか、私には過ぎた善良な夫が。鳥居さんとは三十年別々の人生を生きてきたことは、もはや歴然とした現実なのだ。時間は逆流しないのだ。

奇妙ないらだち。しかし、彼にたいして私がいだいた違和感はそれだけではなかった。学生時代の彼は徹底して思想と芸術のなかに生きていて、その孤高の姿が若い私には魅力だった。しかし、もう中年になったいま、いぜん雑音に充ちた現実を避けて抽象的な精神世界に生きている彼の生き方に、私はついていけないものを感じた。そして、いま思えば、あんなことはいわなければばよかったのだが、「そういう生き方こそ、奥様を亡くした痛手からの回復を妨げているのではないかしら」といったのだった。

そのとき一瞬見せた彼の悲痛の表情がいまも脳裏を離れない。そこにはいぜん感情の振幅の大きい寂しがりやの鳥居さんがいた。

それにしても、どうして彼はあのとき私に心の深みを吐露したのだろうか。なぜ「篠沢さんは僕の青春そのものでした」といったのだろうか。彼は寂しいあまり、一時的な気分から、私に訴えたにすぎなかったのか。でも、彼の表情は真剣だった、私が耐えられないほどに、重かった。彼は、私たちそれぞれの結婚後も、ずっと私を思い続けていたのだろうか。そんなことを私はなにかの折に彼からの手紙で知らされたことがあった、いや、そう読める手紙が来たのだった。彼にとって私という存在は特別なものであるのをそのように私はときおり知らされてきたのだった。それにもかかわらず、あのとき私は耐えることができなかった。彼の悲嘆にたいして、もうすこし共感のある、憐れみ深い言葉をかければよかったのに。

だが、いずれにせよ、もう過去は戻らないのだ。私は現在を生きなければならない。未来からあっという間にやってきて一瞬ごとに過去へと流れ去るこの現在というほとんど幅のない時間を、私はわずかでも充たし持続させるしかない。それは彼も同じはずだ。

夜遅くまた強風が吹き荒れた。窓から見ると、ポプラの大木がしなうように風に耐えていた。

その風音で、ベッドに入っても、いつまでも眠れなかった。それで翌朝起きたら、もう九時過ぎだった。夫はもう出勤していた。私が用意しておいた朝食を食べて、食器を洗っておいてくれた。私は急いで支度をし、黒のタートルネックの上にトレンチコートを羽織って、週一度聴講しているドイツ文学の授業のために大学に行った。鳥居さんをめぐる昨日の思いはすっかり忘れられていた。

十九世紀の七〇年代に、広いリング通りに面してルネサンス様式の堂々とした大学本館が建てられたが、私が聴講するのはこの建物のなかの天井の高い階段教室だ。今日も、若い学生に混じって、数人、年配の男女の聴講者がいる。彼らとはもう何年もの顔なじみで、会えば握手をしたり、とくに旧友ペトラとは抱きあって頰をふれあったりする。私のすぐ近くのホーエ・ヴァルテの、宮殿のような邸宅にひとりで住んでいる彼女とは、ときどきハイリゲンシュタット公園を一緒に散歩する。年齢も近いので、いろいろ話があう。ウィーンにおける私の貴重な友人のひとりだ。

二年まえ彼女はシェットランド・シープドッグを一匹飼っていたが、老いて亡くなったため、その喪失感に耐えられず、また同じ顔をしたシープドッグを飼うことになった。その犬にスーリという名前をつけた。以前、私はその意味をきいたことがある。ゲーテにくわしいペトラは『西東詩集』に歌われる女性ズライカからこの名前をつけたとのことだった。標準ドイツ語の発音「ズーリ」ではなく、ウィーン風に「スーリ」と発音するのだが、それが「スリ」と聞こえておかしかった。この犬を彼女はどこへ行くにも連れて行く。聴講の教室にも連れてくるし、カフェやレストランにも同伴だ。ただスーパーマーケットだけは連れて入れないので、入口のフックにリードを結びつける。いつものことなので、スーリはおとなしく待っている。今日も講義のあいだ教室で退屈そうな顔をして寝そべっていた。

私が聴講しているH教授はゲーテを専門にしている有名人で、何冊も本を出している。彼の話し方には独特の格調高いスタイルがある。あちこちに比喩のきらめく伝統的な修辞法がちりばめられ、ホメロスやシェイクスピアのような古典の名句が数々引用された。そして選び抜かれた語彙からなる美しいドイツ語、さらにやや低めのよく通る声で、ジェスチャーたっぷりに講義する姿……これらのコンビネーションはまさにブルク劇場の俳優の様式をほうふつさせるものだ。そういえば、よく手入れされた上質な茶系のチェック柄のジャケットにワインレッドのネクタイをきちんとしめた完璧な身づくろい、きれいに整えられ、いくぶんウェーブしたブルネットの髪、さらにはいくらか物思いにふけりながらも整然とした歩き方にいたるまで、すべてにおいてどこか他人の目を意識しているように思えてならない。

私は講義に耳を傾けず、彼のいかにもウィーン人らしい都雅なふるまいを観察していた。彼はだれと会うにも万事そつなくこなす、洒脱《しゃだつ》で教養ある紳士を絵に描いたようだ。数年前、彼はかの有名なバリトン歌手ヘルマン・Pを招いて、「シューベルトの詩と音楽の夕べ」というリートとレクチャーのコラボレーションを主催した。場所は楽友協会ブラームスザールで、聴講生にすぎない私たちも招待された。短いレクチャーはもちろん彼が行ったが、その席上でこの歌手と、親しく、かつ洗練された言葉で語りあう彼の完璧な司会ぶりに私は脱帽した。これほどの知性の光る社交性は容易に真似のできるものではない。

講義のあと、晩秋のあたたかい陽ざしを楽しみながら、列柱の並ぶアーケードに囲まれた大学中庭でしばらくペトラと雑談した私は、ふと行きたくなって、カフェ・ツェントラールにおもむいた。いつものように窓際に席をとった私は、大好きなアップルパイ《アプフェルシュトルーデル》をメランジェと一緒にいただきながら、新聞をいくつか読んだ。濃厚なメランジェが精神を活性化した。十九世紀半ば、この店はイタリア・ルネサンス様式で建てられたフェルステル宮の一階に設けられた。やわらかなベージュ色の大理石の円柱が林立して高い丸天井を支える景観がたいへん美しく、赤みがかった茶色の丸い大理石テーブルも重厚な趣きをもつ。

この歴史的なカフェに私は特別の思い入れがある。私がなんとかまともに生計を立てられるようになっていた一九八六年に、長年荒れたまま放置されていたこの店がリニューアルされ再開された。私はすぐにここに来て、以降、週三、四回この店に通った。いつも九時以前に来て朝食をここでとり、一時間ほど新聞や雑誌を読むのが習慣となった。上部が優雅な半円形の大きな窓から流れ入るやわらかな朝の光が心地よかった。なによりもウェイターの接客がていねいで、やがて常連になるといっそうていねいになった。十九世紀から二十世紀にかけての世紀転換期、シュテファン・ツヴァイクやココシュカといった文人や芸術家が好んで通ったこの店はウィーンのカフェ文化を代表する店のひとつであり、そんな伝統をさりげなく享受できることがうれしかった。私のささやかな楽しみがひとつ増えた。

このカフェに入っていると、いつも遠い過去の出来事が想起され、好きなだけ回想し思索にふけることができる。この宮殿のような古風な部屋のなかで、あわただしく流れる外部の時間は停止し、一瞬逆流し、内的な時間が流れはじめ、多彩な糸で織られた織物のような、なつかしい過去がまた戻ってくる。

第一章　ウィーンに住みはじめて

　日本の大学を卒業して一年間ある研究所に勤めたあと、私はウィーンに来たのだった。もう一度ドイツ文学を勉強したいと考えて、ここの大学に入ったのだ。それからみっちりドイツ語を習得し、やがて翻訳をするようになった。親からは東京に帰ってきて、いいお婿さんでも見つけるようにいわれ続けたが、私はここにとどまりたかった。けっきょく、ずるずるとこの町に住み続け、いまにいたった。この町のどこがそんなに私を引きつけたのか、わからない。それはいまだにわからない。

　はじめの二年間は、そう、なんと楽しかったことだろう。私の青春は、研究所時代の貯えに加え、かなりの部分を親の援助に頼っていたそのときまで続いていた。大学でドイツ文学や演劇史を専攻するかたわら、せっかく音楽の都にいるのだからと市立音楽大学《コンセルヴァトワール》の授業も聴講した。どうしても音楽をやりたかったのだ。日本でヴァイオリンを習っていた私はここで個人レッスンまで受けた。

　ああ、あのとき私は輝いていた。まさしく人生の春だった。オーストリア人男子学生の心をとらえた肩下五十センチほどの黒髪を風になびかせて、リンデやカスターニエンの新緑の葉が美しいリングの並木道を闊歩《かっぽ》したり、ケルントナー通りの専門店で見つけたクリムト風のデザインの優美な髪留めで髪を束ねたりした。ブレスレットやイヤリングはいつもお気に入りのグラーベンの宝飾専門店で買ったし、なかでもミヒャエラ・フライの七宝のブレスレットやペンダントは数々もっていた。ときには、大学で知りあった元伯爵令嬢と高級レストランにも入ったし、オペラ座ではいつも学生の身分には不相応なボックス席《ロージェ》に座り、映画に出てくるような、厚いカーテンをめぐらしたロージェから、あちこちのロージェに座る着飾った貴顕の人々をオペラグラスで観察するのも楽しみだった。大学が休みになると、友人とフランスやギリシアに旅行した。大学舞踏会では、思いっきりドレスアップしてウィンナーワルツを優雅に踊ったものだ。しかし、そんなぜいたくな、キラキラした時間は長くは続かなかった。

ウィーン在住が三年目に入ろうとしたとき、思いがけず父が亡くなった。母は私の帰国を強く求め、妹の愛里からも、母の落胆がひどくて見ていられないと伝える手紙が来た。私もさすがに帰国を真剣に考えたが、やはり帰らなかった。あらゆるしがらみに充ちた家族のもとにはどうしても帰りたくなかったからだ。もしかしたら、すでにこの町の魅力に、いや魔力にとりつかれていたのかもしれない。問題は生活資金だった。負債の弁済のために不動産の大半を手放した母からは、もう仕送りは来ない。かといってこの地ですぐに収入のあてなどないし、奨学金ももらえなかった。けっきょく私は大学を休学し、資格を取得して、旅行や社用で来る日本人のためのガイドや通訳をすることになった。ただ、その収入だけでは最低限の生活しかできなかった。仕事が減る冬などはとくに厳しかった。私のもっとも苦しい日々がはじまった。

いつしか私はお金の貴重さを身に沁《し》みて感じるようになっていた。それまでのお嬢様的なのんきさは吹き飛んでしまった。ああ、お金がほしい。毎日それればかりが頭にあった。私は大事にしていたアクセサリーやドレスをつぎつぎに手放した。とても愛着のあったミヒャエラ・フライの装身具も例外ではなかったし、それどころか、オペラや芝居はおろか、カフェさえ入らずに、食費も最低限まできりつめた。さらに、市内でいちばん家賃の低い地区のほとんど陽のささない部屋に引っこした。飲料水のガラスびんが何本も入った重い買い物袋をエレベーターもない五階の部屋まで手にさげて昇るのは楽ではなかった。とくに冬、男性にさえ重い石炭の袋を運ばなければならないとき、あまりの惨めさに涙が出たのは一度や二度ではなかった。ああ、お金がほしい、どうしてこんな選択をしてしまったのだろう。ほんとうにどん底だった。

そんな生活が続いた。しかし、そのなかで私は歯を食いしばって勉強した。最近注目されてきた作家の作品を片端から読んだ。なかでもとくに目を引いたものを日本語に直していった。出版のあてなどぜんぜんなかったが、とにかく訳し、その数は十冊にもおよんだ。

テーブルに置かれたメランジェはすっかり冷めている。それを一口すする。窓から入る光が心地よくて、つい思い出にふけるうちに、もう、一時間が過ぎた。いつもなら店をあとにする時間だけれど、今日はとくに行く当てもないので、もうすこしこの暖かいカフェにいることにしよう。

演劇関係の雑誌をパラパラめくる。ウィーンの最新のオペラ界の情報が載っている。さっと目を通す。コロラトゥーラ・ソプラノの女王として世界に君臨していたエディータ・グルベローヴァの記事が載っている。もうかれこれ十数年になるけれど、私はこれまで彼女の熱心なファンだった。

多くは立見席だが、彼女が国立オペラ座で歌うときはたいてい聴きに行った。なかでも感銘深かったのは、リヒャルト・シュトラウスの「ナクソス島のアリアドネ」だった。もっとも高い声域を自在にころころと転がす彼女の超絶的なテクニックと上質のビロードのようなやわらかな天国的な美声は聴衆を圧倒し、陶酔させ、とくに十分にもおよぶツェルビネッタのアリアをわずかな危うさもなく完璧に歌いきったときは、割れるような大喝采をあび、拍手はいつまでもやまなかった。

私にやっとふたたびオペラに行く余裕ができたのだった。窮乏した生活にそんな転機がおとずれたのは、ある出会い、ちょうどウィーンに留学中だった五歳上の早瀬千恵《ちえ》さんとの交流がきっかけだった。あれは大学近くのカフェだった。たまたま席が隣になった私たちは、身の上話も交えながら、親しく語りあったのだった。いつしか私たちはしばしば行き来するようになった。千恵さんは東京の大学に勤務していて、出版社ともつながりがあった。私は翻訳のことを話したが、そのときの彼女の反応は鈍かった。その後、千恵さんは帰国した。

日々あたふたするなかで、出版を打診したことなど忘れていたが、ある日、千恵さんから手紙がきた。読むと、知りあいの出版社の編集者と連絡をとるようにとの内容だ。私はどきどきしながらすぐに電話をかけた。編集者はくわしいことを書面で提出するようにいって、住所などを教えた。私の手紙に彼はおよそひと月後、返事をくれた。翻訳したもののうち、ひとつを送ってほしいとのことだった。私は手書きの原稿を送り、やがて出版社は出版の手続きに入った。ありがたいことに、その小説は、好意的な書評が新聞に載ったことが大きかったようで、まずまずの売れ行きを示した。その後、ふたたび同じ出版社から依頼が来た。二冊目の売れ行きも悪くなかった。そのとき初めて印税というものを受けとった。ただとてもベストセラーというようなものではなく、支払われた額もわずかだったので、あいかわらず私はガイドを続けなければならなかった。

その翌年、今度は別の出版社から三冊目の翻訳を出したあと、大きな仕事が来た。あるドイツの詩人の全作品を訳さないかというオファーだった。前後してドイツ語圏において日本文化を紹介する大きなプロジェクトの中心的なスタッフになってほしいという要請も届いた。とくに依頼されたのは日本の映画や小説の翻訳・紹介だった。私は小躍りして喜び、とうとういままでの労苦が報われる日がやってきたと感じた。この町に住み続けてよかった。何度ももうだめだと思い、毎日暗い顔で歩いていたが、ようやく運がめぐってきたと思った。私はガイドを最小限にして、翻訳に打ちこんだ。

運というのはふしぎなもので、いったんよくなるとしばらくは続くのかもしれない。同じ年、日本人学校のドイツ語教師に採用されたのだった。そんなとき、私はふと不動産の広告を見て知ったいまの住まいに転居したのだった。

第二章　ウィーンの人々、そしてカフェ

それから四年あまりが経過した。その年の冬、ウィーンはひどい寒波に見舞われた。冬は私のいちばん嫌な季節だ。一月下旬、もう二か月もほとんど太陽が出ない日が続き、心は暗い空に押しつぶされそうだった。いったいいつになったら空が明るくなるのだろう。ほとんど毎日どこにも出ないで、私はずっと部屋にいた。ひどい孤独感に襲われて、気分が鬱してしかたなかった。なにもする気が起こらない。冬になると、かならず何日かこんな状態になるのだったが、その年はとくにひどかった。数日に一度は一、二日元気が戻るものの、またすぐ抑鬱状態に落ちこんでしまう。ペトラに電話しようかとも思ったが、かけられなかった。ドイツ語には慣れているはずなのに、そもそもそれを使うのがおっくうだったし、当時はまだいまほど親しい間柄でもなかったから。こんなときは悪いことばかり考えてしまう。いずれはオーストリアの年金を受けとれるだろうが、額はそう高くないだろう。それどころか、これから先ずっと雇用契約が更新される保証もないし。翻訳も、このところ日本で外国文学の需要が落ちているようで、そこからの収入はかなり減っている。貯金もないし、この先生活してゆけるのだろうか。この頃ウィーンの物価は

ぐんぐん上がっている。また以前の貧窮に戻らないだろうか。そんな不安に胸が痛くなるほどしめつけられた。

それにしても、なんという孤独だろう。とくに、親しかったひとりの同僚が帰国したあとは、勤め先でもまともな会話を交わせる人がほとんどいなくなってしまった。一週間でたとえ一日でもゆっくりと話せる人がいればいいのだが……。

そのすぐあと、親族の慶事があって九年ぶりに一時帰国した。ウィーン空港でアラブゲリラを警戒するらしい自動小銃をもった警察官の姿にいつものことながら緊張した私は、成田空港に降り立ったとたん、「ああ、ここは日本なのだ」と感じた。まわりが日本人だったばかりではない。バスを待つ間に入ったカフェでウェイトレスが示したていねいな接客ぶりやバス車内での運転手の細やかな配慮ある言動など、ひとつひとつがウィーンでは忘れていた気配りを感じさせたのだった。数日滞在するうちに、私はそんな春のやさしいぬくもりのような日本的なホスピタリティに心が和んでゆくのを意識した。この国にも親しい人などわずかしかいないにもかかわらず、ただこの地にいるだけで孤独感がいくぶんか和らぐように思った。

二週間の東京滞在後、ふたたびウィーンに戻ったとき、かつてふとしたことで知りあった日本人女性に私はその経験を話したのだった。ウィーンの国連に勤務するなかで国連上級職員であるオーストリア人と結婚した冬美《ふゆみ》さんだ。外出するとき、よく猫を連れてくる。この日も灰色の猫がペット用のボックスに入っていた。あいさつもそこそこに、運ばれてきたコーヒーを飲みながら私の経験を聞くやいなや、彼女は一気にいった。

「そうね。日本に行くと、たちまちそのような気配りの風土につつまれるのね。乗り換えについてのていねいきわまるアナウンスや、駅構内での『まもなく電車がまいります。危険ですから黄色い線までお下がりください』という放送。雨あがりの電車のなかで『傘を車内にお忘れなく』というアナウンスが流れたとき、私は耳を疑いましたわ。乗客は子供じゃあるまいし。挙げればきりがないけれど、日本の社会というのは、こんな相互の配慮、場の空気を読むというのかしら、そんな気配りのなかで営まれているのでしょうね」

「でも」と私は彼女の辛辣な口調に少々反発をおぼえながら、いった、「それが外国人には貴重なもてなしの心として喜ばれているのでは？」

「たしかにそうかもしれないけれど、日本人には自分のことは自分に責任があるという考え方が西洋人より希薄なのよね」

「戦後は日本でも個人の自立が重視されるようになってきたでしょう？」

「ほんとうに強い個人が育っているかしら」と彼女は、私が驚いたほどムキになって反論していった、「いぜん家社会のなかでたがいによりかかっているのでは？　怖いのは、それが反転するときね。ときたま仲間意識の同一性に逆らったとたん、村八分的に排除される。いつもまわりと同じ意見をいい、同じ行動をとることが暗黙のうちに要求される。学校のいじめも同根よ。そして、『お客様は神様です』という通念が拒否されたとき、そんな『和の精神』にどっぷり浸かっている人が逆上して店や役所で暴力をふるうのね。気配りに欠けるといって。いきなり社会正義の代行者になって。でもそれは、思想的な背景とは無関係で、ただ自分のわがままが通らなかっただけではないかしら？　感情が制御できない幼児性ではないのかしら？　相手の話をよく聞いて、論理的に対話すればすむことなのに」

私は、事はそんなに単純だろうか、西洋人にも排除の論理は存在するし、いじめだってあると思った。私はそう反論したかったが、しなかった。彼女を見ていると、そんな反論は徒労におわると思えたからだった。

いま、この会話を思いだしながら、私は冬美さんがとりあげた「和の精神」について別の角度から考えている。私たち日本人の根幹を形成している「和の精神」は、たしかに冬美さんが批判したような現実を招来するかもしれないが、他面、私は地震や水害のような大災害のとき多くの日本人がとる行動を思わざるをえないのだ。警察も機能しない混乱のなかで店舗略奪があるだろうか。暴動が起こるだろうか。それどころか、被災者は、きわめて厳しい環境のなかで、たがいに助けあいながら黙々と耐えてゆくのではないか。住民を助けるためにみずからは逃げ遅れて殉職する人もいるのではないか。そこに見られるのは個人の強靱《きょうじん》な意志と責任感であるとともに、困難に直面した日本人の静かな連帯の心ではないだろうか。西洋人を驚かせる強靱な「和の精神」ではないだろうか。

おそらく冬美さんのような人は、日本ではさぞ孤立していただろう。あのとき、沈黙していた私のそんな思いをくんだかのように、彼女がぽつんといった。

「日本にいるときから私は知人の会話の輪に入れなかった。それが異国でいっそう増幅されて、ますます自分の殻に閉じこもるようになった」

当地に在留する邦人女性のうちに存在するらしい奇妙なハイアラキーのなかで冬美さんは外交官の夫人につぐほどの上位に属すはずであるが、彼女は西洋人とはわりに話をしても、日本人と交わることは、まずなかった。英語がぺらぺらだったことも、日本人にたいして優越感を抱く一因になったのかもしれないし、そもそも共感力に乏しく、どこか相手に入りがたい壁を感じさせるため、何度か話すうちにだれもがしだいに去ってゆくのだった。私はいった。

「他人を避けてわが道をゆくあなたは、西洋に来て、ますます日本人らしさを失ったのかしら。あなたにはこちらの水が合っているのかもしれないわね」

私はいくらか皮肉をこめたのだが、彼女はそれに気づかなかったようだ。

「そういえば聞こえはいいけれど、実際はそんなものではないわ。生来のわがままから煩わしい他人との関係を築けないいまま、いままで来てしまっただけなのよ」

さらに彼女は言葉をついで、めずらしく自虐的な口調でいった。

「愚かにも、そういう孤独の状態をある程度居心地よく感じてきた面もあったわ。だれにも拘束されずに自由に生きられるということばかり考えて。それを私は西洋的な個人主義と思いこんで、そう生きることをひそかに自負していたのかもしれない。しかしその結果、私はだれとのつながりも失ったの」

「でも、ご主人はあなたのことを理解なさっているのでしょう?」

「いいえ、夫とは別居したわ。だから、もうたった独りになってしまったの」といって、ひどく寂しそうに続けた、「いまの私は、どこにも属せない根無し草《デラシネ》にすぎないの。毎日が寂しいわ。ほんとうに寂しくてならない。これからも死ぬまでこんな気持ちで生きなければならないと思うと、いっそドナウ川に飛びこみたくなるの」

彼女はいいようもなく悲痛な表情を見せた。大丈夫だろうか、この人の人格は瓦解寸前にまで追いつめられている。

私は思う。西洋でそのような孤立した日本人は、言葉や情緒が通じあう日本にいるときよりもずっと厳しい孤独にさらされる。彼女はいった。

「そんなとき、どんなに自分が西洋人だったらいいのにと思ったことかしら。そうなれば彼らの仲間になれるでしょうに」

だが、そうだろうか。たとえそうなっても、やはり彼女は孤立するだろう。人間らしい共感を欠く人には、同じ西洋人であっても交際を断つからだ。

しかし、私は思った。この冬美さんの嘆きは、けっして他人事ではない、と。学校の長期休暇中、一週間はおろか、ひと月まったく話をしないことさえある私にとって。ただ机にむかい、仕事以外には、カフェで他人の会話の様子を傍観するだけの日々。カフェという空間での適度な人間的なざわめきを望んで足を運ぶにもかかわらず、気分が落ちこんで、カフェは私に孤独の現実を厳しく突きつける場所でもあると思うようなとき、私はもうカフェすら嫌になった。ああ、あのムンクの絵のように、寂しさと不安のあまり大声で叫びたくなることが何度あったことだろう。こんなことをしていてはだめだ。きっと私はつぶれてしまう。頭がおかしくなってしまう。孤独、孤独、孤独。夜の闇の重さ。仕事部屋を領する静寂の息苦しさ。この静寂のように骨の髄まで浸透する寂寥感は、けっしてあの冬にかぎったことではなく、この地に来て以来つねに私のなかで通奏低音のように潜在し続けたのであり、その現実にむきあうことがウィーン在住時の私の不可避の課題となったのだった。

過去を想起すると、どうしても思考が負の方向に流れていきがちだ。あのとき、このすぐ近くのカフェで苦めの黒いコーヒーを飲みながら冬美さんが嘆いたような、自分がここでしょせん異邦人にすぎないという明白な事実を、私も事あるごとに知らされてきたのは否定できない。冬美さんは日本人が閉鎖な家社会をつくるといった。だが、ウィーンの人々が、とりわけ外国人にたいして、それほど開放的だろうか。

私は、この町に働く外国人労働者の姿に以前から関心をそそられてきた。ひそかな共感さえあった、といえるかもしれない。お金のある在留邦人はあまり意識しないかもしれないが、異邦人として生きる厳しさと孤独は、とくに彼ら、外国人労働者においてもっとも鮮明に浮き彫りにされる。

たしかにウィーンは優雅な町だ。音楽、美術、演劇、建築、レストランやカフェ。すべて一級の芸術品がそろい、さほど広くない中心地にぎっしりと凝縮した町だ。ただし、その優雅さの背景にあるのは厳しい生存競争である。それはパリやロンドンも同じだろう。

私はいまも、初めてこの町に来たときに見た夜の光景をはっきりと記憶している。肌寒い初春の暗い闇のなかに、ところどころに新聞売りの男たち、みな顔の浅黒いアラブ系と思われる男たちが立っていた。彼らはそれぞれの新聞社の黄や赤の上っ張りを身にまとっているが、新聞のインクがつくのだろうか、その上っ張りのあちこちに大きな黒い汚れがついているのが街路灯の弱い灯りのなかにも見てとれた。そんな、いかにもみすぼらしい彼らの姿が、あたかも赤や黄の広告柱のように、闇のなかにボーッと浮かびあがっていた。私にはその姿がこの町の暗さの隠喩のように感じられてならなかった。私は、怖い町へ来てしまったと感じて、不安になった。それは私にとってウィーンの原体験のひとつとなって、そのとき感じた不安感はいまも心の底に横たわっている。

その光景はいまもたいして変わっていない。凍てつく寒さの冬の路上で、市電が停留所で停車すると、男がさっと近づいて、降りてきた乗客に新聞を売る。市電が来ないときは、停留所周辺を歩いて通行人に売る。買い手が定価に一シリングのチップを上乗せして渡すと、彼らは小声で、発音がいかにもつたないドイツ語で、「ダンケ・シェーン」という。

路上でこうして新聞を売るのはみな浅黒い顔の人たちであり、白人は見たことがない。チップを含めて彼らがどれくらい稼ぐか詳細はわからないが、おそらく最低限の生活を維持するのがせいいっぱいだろう。もし事故や病気で働けなくなれば、たちまち生活は行きづまるだろう。私は彼らをしばしば観察した。いや、見まいとしても、いやおうなく視界に入ってくるのだ。彼らはなんの飾り気も虚飾もなく、ただ人が生きるというだけのもっともプリミティブな在り方を全身で表していて、夜の闇のなかに虚ろな影のようにたたずむ姿はじつに孤独だ。

私がここで数年間ひどい貧しさを経験したことは、それまで表層的な悦楽に浮かれていた自分の視界を拡げることになり、孤独な人々に共鳴する感性をいっそう鋭くしたように思われる。その関連で思いだされるのは、八年まえの小さな出来事だ。

その夏、私は日本から来たかつての同級生のために中心街にホテルをとった。彼女たち夫妻は二泊したあとザルツブルクへ旅立った。西駅で彼らと別れたあと、私は部屋に戻って仕事をしていた。ちょうどコーヒーをいれて休んでいたとき、電話があった。出ると、いかにも聞きとりにくいドイツ語だ。ウィーン方言ゆえではなく、素朴というか、むしろつたなさゆえに聞きとりにくかったのだ。それでも、よく聞くと、私が予約したホテルの女従業員からで、彼女がいうには、ちょっとしたトラブルに巻きこまれているから助けてほしいとのことだった。昨夜私たちはそのホテルのレストランで夕食をすませたが、そのときの支払いについてホテルの責任者から釣銭をごまかしたとの嫌疑をかけられているという。彼女は何度も弁明したが、彼は耳をかさず、このままだときっと解雇されると思うので、責任者にたいして自分に責任がないことをお伝え願えないでしょうか、ということだった。

ささいと思えるようなミスや行き違いで解雇される外国人がいるということは、ときどき耳にする話だった。電話中、この女性の言葉がどこまで真実なのかと考えたが、わざわざ電話までしてくるからには、それ相応の理由があるはずだと思い、ちょうど都心に用事があったので、彼女に会うことにした。

電停で落ちあったその小柄な丸顔の女性は三十歳代前半だろうか、はじめ私が思ったようなアラブ系ではなく、旧ユーゴ出身のスラブ系で、ボスニア・ヘルツェゴビナ紛争を逃れてきたという。この町には頼れる人はいないようだった。そして、やっと最近になって比較的条件のいい職場を見つけたのに、またそれを失うと考えると、不安で胸がしめつけられる思いだ、と彼女はいった。話していると、嘘などつかない正直そうな人だと思われた。その目は黒く澄んでいた。ただ、どこか疲れと不安をただよわせていた。

半時間ほど面談した私は、そのままひとりでホテルの責任者に面会した。私は支払いに関するすべては問題なく処理されている旨を伝えた。そのさい、業界を統括する役所にいる知人のオーストリア人男性の名前をさりげなく出したが、これは多少効果があったようで、それを聞いた責任者の態度が変わるのが見てとれた。数日後、彼女から、ていねいな感謝の言葉を記したカードをそえて、チョコレートが送られてきた。住所を見ると、二十区のハノーファーガッセとなっている。家賃が安く、外国人労働者の多い地区であって、この女性の暮らしがけっして楽ではないだろうと察せられた。今回は失業せずにすんだようだが、その後彼女がどうなったか、私は知らない。

好きなだけ回想をめぐらすうちに、カフェ・ツェントラールの赤味がかった大理石テーブルのメランジェはもうほとんどからになっていた。今日も過去のいろいろな場面が走馬灯のように去来した。

けっきょく冬美さんはその後、帰国した。きっと精神が崩壊する瀬戸際だったのだろう。私はしかし、その後も何度か帰国を考えたけれど、どうしても決断できぬまま、この地にとどまった。帰国したら、わずかな翻訳以外、仕事もないことは目に見えているからだ。

音楽もかからない落ちついた雰囲気のこのカフェで、人はだれにも邪魔されずに静かに思い出にふけることができる。自分の家にいるように、読書をしたり、創作したりすることができる。それを可能にするのは、ウィーン人がカフェでも小声で話すため、近くに彼らがいても、いっこうに気にならないということだ。このカフェは開店の八時から午前十時まではツーリストで混むことはない。同様に私に思索を促すカフェがウィーンにはいくつかある。最近はしばらくご無沙汰している市立公園《シュタットパーク》斜めむかいの天井の高いP、百年以上の歴史をもつグンペンドルファー通りのS、あるいはにこやかな笑みを絶やさない女主人の経営するJ。

とくになにかを相談するわけではないのだが、ときどきむしょうに彼女に会いたくなって私はこの店をおとずれる。入口を入ってすぐの目立つ位置に置かれた古い鉄のストーブはいまも昔のままだ。だが、愛すべき女主人とともに、いずれはこのストーブも消えてゆくのだろう。時間は容赦なくすべてを過去へと運び去るのだから。人が過去を回想することはできても、現在への逆流は一瞬のことだ。人間には、よく内容を知らずに注文した料理のスパイスの味が二十年まえに恋人と入った異国のレストランでの幸いなひとときを思いがけず想起させるように、聴覚や味覚を媒介として無意志的な記憶がなつかしい過去をよみがえらせる特権的な瞬間がある。しかし、それでも、人が過去をふたたび生きなおすことはできないのだ。時間の流れをとどめることはだれにも絶対にできない。

なにはともあれ、カフェは私の生活になくてはならない一部になっている。苦しかったガイド生活を抜けだしたあと、私は朝のひとときをカフェで過ごすようになっていたが、やがて二日に一度は中心地のカフェで午後のおやつの時間を過ごすのが習慣となった。私はツェントラールをはじめ、いくつかのお気に入りの店でメランジェとケーキを賞味し、仕事について考えたり、いくつかの雑誌に連載しているウィーンに関するエッセーの構想を練ったりした。

じっさい、カフェはウィーン人の第二の家だ。とくに寒い季節にはウィーン子はカフェを好む。彼らには行きつけのカフェがあって、高級なセレブの店から十六区や二十区の庶民的な店まで、じつに多様なカフェがあり、その数の多いこと、驚くほどだ。もう十年以上まえになるが、かつてウィーンのカフェを紹介するエッセーを依頼されて、私は人間観察にうってつけのそんなカフェの数々をまわったことがある。三時頃にはどのカフェも満席である。人々はそこで常連となり、知りあったウェイターにチップを渡し、それなりのていねいな接待をしてもらうのを喜ぶ。テーブルで客は二組のトランプカードを使うタロットに興じ、十何種類もの新聞雑誌に目を通し、原稿や手紙を書き、瞑想にふける。ビリヤード台をもつ古典的なカフェもある。

十五区のカフェWに入ったときは、わが目を疑った。なんという古色蒼然《そうぜん》たるカフェだろう。長いホールに三台のビリヤード台が置かれ、そのわきにテーブルと椅子のカフェ空間がある。たばこの煙で褐色になった壁には古い絵や大きな鏡が置かれ、いっさいがもう百年以上は経っていると思うほどの年代物だが、ただ古いというだけではなく、あまり手入れがよくないとみえ、いくらか退廃の雰囲気があるのも否定できない。私は場違いなところに来てしまったと感じたが、とりあえず席につき、クグロフとメランジェを注文した。客はまばらだった。時計を見ると、もう二時過ぎだし、都心のカフェはこの時間は満席だろう。私は失念していたが、こういう場末のカフェは夕方以降のほうが、ビールやワイン目当ての客で混むのだ。二台のビリヤード台には数人の男性がたむろしていた。常連らしい彼らは、革のジャンパーやデニムのジャケットにジーンズで、労働者風である。ちょうど休憩時間なのだろうか。ビールを飲みながらビリヤードに興じている。グレーのハンチングをかぶり、襟に赤いアスコットタイをつけたダンディな年配の男性がいちばんじょうずだ。一方、カフェのテーブルには、長年この世の風波にもてあそばれてきた雰囲気の年配の男女ふたり以外だれもいない。大きな店はがらんとして、どこか落ちつかない雰囲気だ。たくさんある新聞のなかからひとつをとって読みはじめたら、まもなくクグロフが来た。だが、メランジェにしてもクグロフにしてもぜんぜんおいしくなかった。ウィーンのカフェガイドには写真つきで紹介されている店なのに、ぜんぜんおいしくないのはどうしてだろう。一応エッセーに載せることも考えて、店主の許可を得て写真をとったあと、私は早々に店を出た。私にはゆっくりと時間を費やしたい店ではなかった。ただ、ウィーンのカフェには驚くほどの個性があるのを知った。

ところで、カフェといえば、どこの国でも女性たちは甘いものを好む。ザッハートルテ、アプフェルシュトルーデル、カーディナルシュニッテン、クグロフ、リンツァートルテ、アンナトルテ、エスターハージー・シュニッテン……。ごく一部だけ挙げたが、ウィーンのケーキ屋にはなんとたくさんのお菓子があるのだろうと驚嘆したものだ。こうしたスイーツを売りにしているカフェ・コンディトライこそ、店内装飾においても、いちばん華やかなカフェである。その名を冠したトルテで世界的に有名なホテルS、それと華やかさで覇を競うかつての帝室御用達のD、ケルントナー通りのお洒落なS、大聖堂の北東すぐ近くの一八四〇年に創業されたH……。

私は午後、三時過ぎにグラーベンのLに何度か入った。ここでいつも会う数人の上品な女性の優雅な挙措や服装、センスのよいマフラーやスカーフ、エレガントな赤や緑のフェルトの帽子やその羽飾り、職人芸の見事さを感じさせるブレスレットやイヤリング、ときおりフランス語のまじるやわらかなウィーン方言でのはてしない会話、食べているケーキ、また、彼女たちのひとりがいつも同伴している小型の黒のダックスフント、その驚くばかりの行儀よさ……。エッセーの素材になりそうなものは無数にあった。

そのときふと気がついたのは、ウィーンではこうしたコンディトライに男性もひとりで入るということだ。日本ではあまり見ない現象ではないだろうか。西洋のほかの国はいざ知らず、オーストリアではこれはふしぎではない。私が足しげくかよったノイヤー・マルクトのOでも、きちんとグレーのスーツを着て、ベージュのソフト帽をテーブルに置いた年配の紳士が、女性の群れでにぎわうなかにひとり座って、いかにもおいしそうに生クリームのたっぷりのった大きなケーキを食べているのを見たことがある。ちらと顔を見ると、これ以上ないというほどの至福の表情をしていた。テーブルにはほかに一冊の本が置かれていたが、現在も書いているウィーンの劇作家の作品だった。それを見たとき私はこのケーキの人をいつかブルク劇場の舞台上に見たのを思いだした。「ウィーンのカフェ」と題するエッセーに私はこの情景も含めて、日本の雑誌に送った。

ひと月まえのこと、ペトラから電話があった。真冬にならないうちにウィーンの森を散策しないかという誘いだった。かなり運動不足ぎみだった私はすぐに応じた。ハイリゲンシュタットのプファール広場で待ちあわせた私たちは、そのままベートーヴェンの散歩道を歩いた。そこを流れる小川は、今日は水量がなくて、水の上をひと跳びできそうだった。いまは住宅が並んでいるこの界隈も、この大作曲家が散歩したころにはのどかな田園だったのだろう。しかし、いまでもすこし歩くと家はなくなって、一面に葡萄《ぶどう》畑が拡《ひろ》がる丘陵地帯に出る。ときどき出会うハイカーと「グリュス・ゴット」と挨拶を交わす。

「フミコ、今日はよく晴れたわね」

「そうね。天気予報では夜まで好天だということよ」

「よかった。このあいだ急に寒くなって、このまま冬になるかと思ったけれど」

「ええ、私はあわてて厚いコートをロッカーから出したわ」

「あなたはこの頃顔色がいいわね」

「そう？　体調もだいぶ回復してきたのよ」

「よかった。このまま治ってくれればいいわね」

「そうね」

「ねえ、フミコ、あなたのウィーン在住はもう何年になるのかしら」

「もう三十年になるわ」

「三十年。うーん、もう日本のことを忘れてしまったでしょう」

「ええ。たまに帰ると、なにもかも新しくなっていて面食らってしまうのよ」

「そうでしょうね」といかにも納得したような口調で彼女はいった、「とくにウィーンは現代にとり残されたようなところがあるからね」

「ええ。それはそうと、スーリは変わりない？」

「まだ子供で、遊びたくてしかたないのよ」

「そうでしょうね」

「そうなの。で、あなたは犬を飼うつもりはないの？」

「ないわ。でも毎朝窓辺にリスが来るので、夜のうちにパン切れを置いておくの。蔦《つた》を昇って、いつも二匹来るのよ。毎朝来るので、いつの間にか家族のように感じちゃって」

「それは可愛いわね。ところで、四年まえだったかしら、ショッテントーアであなたを見かけたことがあった」

「そう？　ぜんぜん気づかなかった」

「ええ、いまになっていうのだけれど、あのときのあなたは、昔のあなたの雰囲気がなくなって、いっぺんに老けたような感じで。私、声をかけられなかったのよ」

「四年まえ？　ああ、そうだと思うわ」

「あなたはひどく寂しそうな顔をしていた」

「そう、いろいろあったからでしょう」

「でも、いまは、元気なフミコが戻ってきたわ」といって、彼女は思いだしたように続けた、「あなたの家で一度だけお会いしたけれど、いい方のようね、ヒデキさんは」

「そうなの、とてもいい方よ」

私たちは葡萄畑を抜けてやがてブナの森に入った。

ウィーン西部やその周辺の町村をつつみこみながら、およそ五十キロにわたって連なる広大なウィーンの森は、「ウィーンの肺」とも呼ばれ、冬の寒い西風を屏風《びょうぶ》のようにさえぎって東斜面にワインのための葡萄を育てるのみならず、つねに新鮮な空気を都市に供給してくれる自然の装置でもある。樹種でいえば、この広い森のおよそ四十六パーセントがブナであり、以下ナラ、クロマツ、トウヒ、モミ、カラマツ、トネリコと続く。

ときどき私ひとりで来ることもあるこの地区のブナは、多くが直径数十センチの太さをもち、高く亭々とそびえている。私はブナが好きだ。白々とした幹に地衣類が緑の文様をつけ、その色合いが美しい。十月下旬のこの季節、屋根のように小径をおおうブナの葉はすっかり黄金色に染まっている。ときどき陽光がさすと、その黄色はまばゆいほどだ。すでに落葉したものも多く、林内は厚い落葉におおわれている。

なおしばらく昇ると、私たちはカーレンベルクに出た。そこには古い教会があり、レストランもあって、そのわきの展望台からウィーン市街やドナウ川が眺望できる。ときおりひどく冷たい、もう秋のおわりを告げる風が吹く。寒さに震えた私たちはレストランに入って、昼食をとった。客もまばらなレストランは静かだった。私は淡く白いうすもやにやわらかくつつまれた街並みをまたじっと眺めた。

ペトラはいまも美しい。私とほとんど同年齢のはずなのに、ずっと若く見える。今日は肩下まで伸ばした金髪（この頃はすこし銀髪がまじってきたが）を白いエナメル塗りの髪留めで束ね、白いセーターの上にきれいな辛子色のダウンジャケットを着て、ジーンズをはいている。ほっそりとした首には真っ赤なスカーフを巻き、耳には大きなゴールドのイヤリングをつけ、手にはやはりゴールドのブレスレットを二重に巻いている。それにたいして私はごく普通のジーンズに白のタートルネック・セーターだった。

本人から聞いたのではないが、彼女はある有名な音楽家と結婚していたが、彼女がまだ三十をこえたばかりで先立たれ、それ以降何人かの芸術家と恋愛関係にあったそうだ。こんな魅力的な女性に声をかけられたら、男はたちまち心を奪われてしまうだろうとうなずける。同性である私でさえ、彼女のやや陰りをおび、深みのある、やわらかな声――彼女は音大の声楽科卒業でオペラ歌手になろうとしていた――でやさしく語りかけられると、思わず心を奪われてしまうのだから。

ペトラとのつきあいも長くなった。あのパーティからもう十年になるだろうか。ペトラは年一度ホームパーティを開き、そこには選ばれた友人・知人が招かれるのだが、あの年の大みそかに開かれたパーティに私も参加した。私は有名な画家のKや作家のWに紹介され、思いがけず彼らと話ができて乙女のように感激したものだ。ピアニストのGがモーツァルトのソナタを弾き、場はおおいに盛りあがった。

このパーティのなかで私にとってひとつの出会いがあった。ペトラの旧友であるひとりのシスターと出会ったのだ。ペトラによれば、彼女は修道院に入るまえ、ピアノで卓越した腕前を示し、将来ピアニストになることを期待されていたそうである。年齢は四十代後半だろうか、地味な修道服を着たこの女性はやや小柄で、ブロンドの髪をしているが、髪は修道会のヴェールでおおわれていた。二十人ほどの参加者のなかで、このつつましい雰囲気の人はとくに私の注意を引いた。彼女はワインやビールではなく、ミネラルウォーターを飲み、テーブル上のバターを塗った黒パンとわずかばかりクッキーを食べていた。Gのピアノ演奏のときは、いちばん隅の椅子に腰かけて、じっと耳を澄ませ、音楽のなかに没頭しているようだった。

演奏がおわり、部屋はまた楽しそうな談笑につつまれた。シスターはひとりの若い女性と話している。その女性の言葉に静かに耳を傾けているシスターの澄んだ瞳と柔和なほほえみに、私はどこかひかれるものがあった。その会話が途切れ、ふたりが別れたとき、私は思いきって彼女に話しかけた。修道女にしてはきさくな人柄だった。自己紹介からはじまって、私がウィーンでしている仕事を伝えるなかで、私が日本のカトリック系の高校を卒業したことにもふれた。そのとき判明したのだが、その高校を経営する修道会とシスターの属するそれが同一だったうえに、私が教わったドイツ人のシスターを彼女が知っているということまでわかり、思いがけず話がはずんだのだった。シスターは専門的にグリム童話を研究していた。私もグリムや日本の昔話について論文を書いているので、この点でも話が通じた。私はこの町に新しい知人ができたのを感じ、私たちはたがいの連絡先を教えあった。門限のために先に帰らねばならないシスターは私と再会を約して握手を交わし、ひとり帰っていった。

いつの間にか、冬の気配が濃くなった。ペトラとウィーンの森に行ってから、もう一か月が経った。この頃では朝八時過ぎないと明るくならない。暗いなかで夫とふたり、電気をつけて朝食をとる。センメル二つとハム、ピクルス、バターとジャム、コーヒーと牛乳という簡単な朝食を。ただ、ジャムにはこだわりがある。スーパーに行くと、じつにいろいろなジャムがある。はじめてこの国に来たとき、わたしはすべての種類を試してみた。ストロベリー、ラズベリー、コケモモ《ハイデルベーレ》、スグリ《ヨハニスベーレ》、キイチゴ《ブロンベーレ》、ツルコケモモ《プライセルベーレ》、森のベリー《ヴァルトベーレ》、微細なとげのあるグーズベリー、あんず、チェリー……。いまはこのうちの二つくらいを常備してある。

冬は嫌だが、冠雪した林を家の窓から見るのは好きだ。昨日はわりに天気がよくて、大学やカフェに行けたが、今日は朝から雪になった。十一月になって三度目の雪。いっとき吹雪のように横殴りに降った。仕事の合間に暖房の暖かい部屋からむかいのヴェルトハイムシュタイン公園に広がる白い木々にしばらく見とれていた。昼には家々の屋根にも二十センチくらい積もり、たちまち街全体が真っ白になった。

公園入口の古い屋敷も雪におおわれて、ひっそりと横たわっている。一八三五年に完成したこの美術品に充ちた邸宅は、一八六七年にはユダヤ系の大富豪L・フォン・ヴェルトハイムシュタインの手に渡った。以降ここに開かれた妻ヨゼフィーネのサロンにはそうそうたるウィーンの学者や芸術家が集った。十九世紀末には、あの優美な詩をもって彗星《すいせい》のように現れ、たちまち文壇の寵児《ちょうじ》となったホーフマンスタールが十九歳の客として、当時もう老いていたこの貴婦人に親しく招かれた。私はいまその屋敷を眺めながら、彼がこの老婦人と交わしたであろう、才気にあふれ、敬愛のこもった会話を想像する。そして、この若い詩人はこの広い庭園を歩きながらいくたの詩想に見舞われたのだろうか。

けっきょく雪は終日降って、夕方には三十センチもつもった。そういえば今日はリスが来なかった。昨夜おいたパンはなくなっていなかった。いつもそれを見て服装を決める窓外の寒暖計を見ると、朝はマイナス八度だったが、夕方までほとんど変化はなかった。それで今日はどこにも出なかった。

私はいつしかこの町にいついてしまったが、それはこの町のある種の居心地よさ《ゲミユートリヒカイト》と無関係ではないだろう。たしかに、とりわけ冬、どうしようもない孤独感に陥ることもあったけれど、それでも私はこの町に住み続けている。なにかが私をこの町に引きつけて、私を去らせない。ペトラ、古いストーブのあるカフェの老婦人、それから対応がていねいで、ほほえみが素敵なウェイターがいる。毎日のように新聞を買いにゆくキオスクのウィットのあるおやじさんもいる。彼らとのささやかな関わりによって、私はしばしば孤独を忘れてきたのだった。

私はこの町でさまざまな人と出会ってきたが、冬美さんのような、何事であれネガティヴな面に過敏にひかれる性格をもたない私は、この町の人々の美質にふれるとき、それをよろこんで受けいれる気持ちはもち続けてきたといえる。

たしか一九八〇年だったと思うが、いまも鮮明な記憶が残っている。初秋、私は日本から訪ねてきた従妹の桂川真歩《まほ》を案内してウィーンの森に行った。週日のためにすいていたバスの最後部の席に座り、私は十年ぶりに会った彼女と話にうち興じながら、私たちは展望のよいカーレンベルクをめざした。森はまだ緑だった。やがてナラに代わってブナが森の主人となると、程なくして目指す停留所に着く。私はお決まりのコースを案内し、従妹はこの高台から町の展望を楽しんだ。秋らしく空気がさわやかに澄んで、かなたまで連なるウィーンの森ばかりか、遠くにアルプスの峰シュネーベルクまで望まれた。

その後、私たちは、ゆっくりと歩いて丘を下り、葡萄畑のなかの小径を歩いたが、見渡すかぎり周囲は葡萄畑で、斜面いっぱいに広がった葡萄の葉が暖かい夕日をあびている。今年の夏は陽光が充分にあったので、もうすぐ芳醇《ほうじゅん》なワインが収穫できるだろう。私たちはとあるホイリゲ（造り酒屋兼居酒屋）に入り、その庭で早い夕食をとった。庭にはほかに二組の男女の客しかいない。私たちはポークのグリルやポテトサラダを求め、自分でテーブルに運んだ。この厚切りのポークを食べたいばかりに、私はしばしばこのホイリゲをおとずれる。ワインは、注文を訊きにきた若い民族衣装のウェイトレスが運んできた。けっこう歩いたあとで喉も渇いたので、よく冷えた白ワインはおいしかった。

しだいに暗くなるなかで、私たちはおしゃべりを続けた。観光客のための楽師もふたりきて、演奏をはじめた。

楽師が私たちのテーブルにきた。真歩は興味津々である。私は自分が好きな「私の母はウィーン女だった」と「プラーター木々にふたたび花咲きて」を弾いてくれと依頼した。ふたつとも、こうした場でもっとも愛されているウィーン・リートだ。ワインの味わいはいっそう増し、私たちはウィーン風の居心地よさを存分に満喫した。

私が忘れものに気づいたのはそのときだった。楽師たちとの写真を撮ってもらおうとして、カメラがないのに気づいたのだった。

私がバッグのなかをガサガサ捜しているのを見て真歩はいった。

「ねえ、史子ちゃん、なにしてるの？」

「うん、カメラが見当たらないのよ」

「カメラ？」

「そう、たしかもってきたわよね」

「ええ、もってきたわ。バスに乗るとき私をうつしてくれたじゃない」

「そうだったわね。じゃ、どこにいったのかしら」

私たちはテーブルやいすの下を見まわしたり、料理を注文したカウンターまで戻って捜したが、どこにもカメラはない。すっかり混乱して席に戻ったとき、真歩はいった。

「ひょっとして、バスのなかではないかしら」

「バス？　そうかなあ。私は降りるとき、いつも席を振り返るけどね。でも、そうね、そうかもしれないわね」

そのカメラは最新の一眼レフで、大枚をはたいて買ったものだったし、買ってから一年しか経っていない。私はすっかり落ちこんでしまい、食事が急においしくなくなった。

そのとき真歩はいった、「ねえ、バスの営業所に電話してみたら？」

「そうね、真歩ちゃん、営業所がどこにあるかも知らないし。電話する方がいいわね」

「きっとだれかが届けてくれているわよ」。せいいっぱい私を励まそうとして従妹はこういった。

「それにしても、いまは電話番号もわからないし、家に帰ってから電話するしかないわね」

こういいながら、私は内心いまさら無駄だろうと思っていた。どこの国でもそうだが、とくに高価なものの場合、失くしたものが出てくることなどあまりないのを知っていたからだ。それでも、従妹のいうとおり電話することにした。それで帰宅して調べてから、かけた。だが、営業時間がおわったらしく、だれも出なかった。

翌朝九時過ぎにまた電話した。男性の声が「お待ちください」といった。およそ三十秒後、彼はまた電話口に戻って、いった。「カメラがひとつ届いています」。続いて彼は、いつ、どこで失くしたか、どんな形状かと問い、届けられたのは私のカメラだと確認された。私はにわかには信じられない思いだった。じっさい、こんな進展に私はいたく驚いた。私はすぐに市電で営業所を訪ねた。カメラはたしかにあった。係の人によれば、運転手が見つけたのだという。私は、従妹と話に没頭していたときの情景を思い浮かべた。周りには、ほかにも十人ほどの乗客がいたが、彼らもカメラに手を出さなかったのだ。

その良心的な運転手はたまたま奥の部屋にいた。呼ばれて現れたのは大柄な中年男性で、頬も口まわりも黒々と髭《ひげ》でおおわれて、一見いかつい雰囲気をもっているが、話してみると社交的な感じの、なかなか好感のもてる人だった。私は彼の名前をきき、翌日、お礼に和菓子を届けた。彼は初めて見る日本のお菓子にいたく感激し、髭におおわれた満面に笑みを浮かべて、ぜひ家族で賞味したいといった。この出来事によってウィーン人への私の感情がかなりよくなったのは否めない。

第三章　フランツ、そして死の想い

このあいだ、ほとんど習慣になっている夕暮れどきの物思いのなかで、鳥居さんの面影が心をよぎったが、私にはこれまであとふたり自分を導いてくれた男性がいた。ひとりはいうまでもなく夫・秀樹、もうひとりは亡くなって十三年になるフランツだ。

これまでウィーン人のうちで私ともっとも深い関わりをもったのは、むろんこのフランツだった。そして彼の存在が私のなかで、よき「ウィーン的なもの」として、こんにちまで作用してきたように思われる。

フランツとの六年たらずの交わりは、私がこれまでに経験した恋愛、ほんとうに恋愛と呼べる出来事のうち、鳥居さんとのそれとともに、もっとも純粋なものだったのかもしれない。あの頃の私にはまだいくらか乙女チックなものが残っていたのかもしれない。それは西洋での居住が長くなるにつれて、どんどんそぎ落とされていったけれど。とにかく、フランツとつきあっていたとき、私はしあわせだった。あれからもう二十年近くなるのに、いまもあの日のことは昨日のように鮮明に思いだす。

十二月に入ったばかりのあの日、私はウィーンの森に出かけた。多くの市民のように、それは私にとってもわが家の奥深い庭のようなもので、天気がいい日にはよく出かけたものだ。もう冬になっていたが、天気予報が暖かい一日となると伝えていたため、その年最後の森歩きと思って出かけたのだった。しっかりしたトレッキングシューズはもちろんのこと、毛糸の帽子、厚手のウェアに身をつつんで、ノイヴァルデックの先でバスを降り、およそ六キロ先のソフィーエンアルペへ登るルートに入った。以前もこの道は歩いたことがあり、さほど大変な道ではない。ルートの終点であるソフィーエンアルペからはウィーンの市街地が眺望できるので、それを楽しむためもあって、私は山上に古くからあるホテルに一晩予約を入れていた。

ノイヴァルデックからしばらくはゆるい上りだ。空気は冷たかったが、小川のせせらぎも聞こえる小径を歩くのはたいへん心地よかった。日頃のストレスがすーっと消えてゆく思いだった。三十分ほど歩くと、体が暑くなってきて、汗ばむほどになった。あたりは広葉樹林がとっくに葉を落とし、針葉樹の林が黒々と点在している。だれも通らない森の小径を歩くのが私は好きだ。べつに怖さは感じない。ただ、歩くうちに、今日は鳥の声が聞こえないことと、天気予報と裏腹に、空が急に曇ってきたことが気になった。雨が降らなければいいけれど、と私は思った。

しだいに道は急坂になり、本格的な山道となった。なにひとつ物音がしない森閑とした林のなかを黙々と歩くことが三十分も続いた。空模様はいっそう重くなり、私は不安になっていった。ウィーンの森で初めて不気味な思いになった。恐れたとおり、やがてみぞれが降りはじめた。そして、たちまち雪になった。目的地まではたぶんあと三キロほどだ。空気はますます冷たくなって、体が震える。もう一枚ウェアを着てくるべきだったと悔やまれた。心臓もどきどきしている。無事に着けるだろうか。いつも歩く森だと、たかをくくっていたのが甘かった。道は八号路と合流した。道しるべは正確なようだ。そう、ここまで来れば、あとわずかの辛抱だ。しかし、雪はどんどん降りかかってくる。

そのとき体に異変が起こった。心臓が激しく打ち、私は立ちどまった。私はふだん心臓には異常はないが、とくに疲労がたまると心臓が重くなるようになっていた。このときもそうなった。これ以上歩くと倒れそうに感じる。私は雪を避けようとして、大きな木の下に立ってしばらく休んでいた。だが、動かないと、体はますます冷えてくる。もう手足や耳が切れるようだ。顔も凍りついたように、しだいに触っても感覚がなくなってきた。このままでは危ない。そう思ってまた歩きだした。道はぐっと急坂になった。その坂がなんともきつかった。私はどうしても動けなくなり、雪の上に座りこんでしまった。雪があとからあとから私の上に降りかかった。私はどうしたらよいかわからなくなった。雪は降り続いている。

そのとき、ふと足音がした。だれかが近づいてくる。雪を踏みしめるサクサクという音とともに。私はそのほうを見た。雪のために近づく人が見えなかったが、二十メートルくらいまで来たとき姿が見えた。ハイカーらしい。背の高い男性がひとりだ。私は初めて恐怖をおぼえた。ここで襲われたら、私は確実におわりだ。どうしよう。

そのとき男性は私に声をかけた。「どうしたんですか」といったらしいが、そのドイツ語はたまたま吹いた風に吹き消されて、よくわからなかった。私はすぐには答えられなかった。彼は私に手をさしのべて、「大丈夫？」とたずねた。その声にはあたたかい、人を安心させる好意的な響きがあった。恐れたような危険な人ではないようだ。私は答えて、歩けない事情を話した。彼は私の上に降った雪を払い落とし、リュックから出したポンチョをかけてくれた。「ゆっくりなら歩けますか」とたずねられた私は「はい」とだけ答えた。彼は私の手をとって、引いてくれた。「もうすこし、もうすこし」といって励ましながら。私は小さく「ありがとう」といっただけで、まだそれ以上の言葉を発する余裕がなかった。普通なら十分で行ける道が、何度も立ちどまったために、四十分くらいかかった。とうとう前方に目的地のホテルが見えたとき、どんなに安堵《あんど》したことだろう。

やっと暖かい室内に入ったとき、私は思わず泣きだしてしまった。じっさい涙がとまらなかった。助かったのだ。ほんとうによかった。私の手足や顔は徐々にあたたかさを回復していった。そのとき私は、初めて隣に立っている男性に気がついた。彼のことを思う余裕さえなかったのだ。私は彼の顔を見た。三十歳代だろうか、髪はブルネットで、ややウェーブし、口のまわりには髭をはやし、青みがかったとび色の瞳は善良そうだった。初めて彼の親切さを感じた私はていねいに感謝の言葉を述べた。

私たちはレストランでむかいあって座った。しばらく休んだあと、私たちは名乗りあった。彼の名はフランツ・ブフヴァルトといった。

「あなたも勇気がある。こんな日にひとりで森を歩くとは」

「よく歩いているので、問題ないかと思いまして」

「天気が悪くなければ、ノイヴァルデックからはたいしたことではないのですが」

「そうですね。急に雪になって慌てました」

「ウィーンの森をあなどってはいけません」と彼は警告するように指を一本立てていった、「遭難して亡くなった人もいるのです」

「そうなのですか。これからは気をつけなければ」

熱いコンソメスープと皿からはみだす大きなヴィーナー・シュニッツェルが運ばれてきた。それを食べながら、私は生き返った気がした。彼がたずねた。

「ウィーンのご滞在は長いんですか」

「もう十年になりますわ」

「そう。僕はウィーン育ちだけれど、森にはたまにしか来ません」

「どの辺にお住まいなのですか」

「ノイヴァルデックから市電ですぐのヘルナルス」

「ああ、あの辺はよく知っています。友人も住んでいますし」

「そうですか。あなたは？」

「最近デープリングに移りました」

「緑が多くていい場所ですね」

食事がおわった。私はわずかでも感謝の気持ちを表したかった。

「このお昼ご飯は私に払わせていただけますか」

「そんなこと。割り勘でいいですよ」

「あなたは命の恩人ですから。せめてもの感謝の思いを受けとってほしいの」

「そうですか。ありがとう」

私たちはコーヒーをゆっくりと飲んだ。私の体力はすっかり回復していた。天気がよければ、その辺を散歩してウィーン市街地の眺めを楽しみたいところだったが、いぜん降りしきる雪で視界はきかない。一時間ほどして、フランツは私に別れを告げてバスでウィーンに帰っていった。別れるとき、たがいに電話番号を教えあった。固い握手を交わして彼が去ったあと、私はしばらくその手のぬくもりを思いだしていた。

その後、私はフランツと交際するようになった。およそ週一度会い、映画や演劇を見るようになった。そのあとかならず食事をともにした。この町に親しい友人がいない私には、やさしい彼の存在が貴重だった。彼は節度を心得ていて、私の家に来るときも礼儀正しく振舞って、厚かましい言動などすることはいっさいなかった。

知りあって五か月になったころ、私たちがちょうど老舗の楽譜店のまえを通ったとき、店をのぞいたフランツはいった。

「フミコ、きみはシューベルトの『菩提樹《リンデンバウム》』が作られた場所に行ったことはある?」

「えーと、たしかウィーン郊外の村だったわね」

「そうヒンターブリュール。ひなびた村だけど」

「いいえ、まだないわ。まえに行こうと思ったけれど、交通手段が不便でやめた」

「そう。車で行けば一時間もかからないよ。よかったら今度の週末に、どう?」

「そうね、ぜひ行きたいわ」

「じゃあ、今週末に。天気もよくなるようだし」

こうして土曜の朝に車でその村をめざすことになった。途中、車はウィーンの森をぬけてゆく。ブナやナラはすっかり新緑にそまり、鳥が鳴き、森全体に生命が躍動している。

私たちは村の広場に車を停め、とある料理屋へむかった。その正面に古木がある。

「ここだよ。ほら、菩提樹があるだろう」

「ああ、そうなの。たしかに菩提樹だわね」

「昔、ここに水車小屋もあって、シューベルトはそれを見て、『美しき水車小屋の娘』の曲想を得たといわれているんだ」

歌曲の王が友人たちと上機嫌で散策したこの緑深い村の風景を、私は心にきざんだ。

昼食はこの料理屋でとった。シューベルトにあやかって注文したマスのムニエルはとてもおいしかった。ワインはもちろん地酒だ。

帰路、私たちは古城リヒテンシュタイン城も見物し、愉しい週末を過ごしたのだった。

そのドライブのなかで、フランツは私の顔をじっと見て、いった。

「きみは細面で色が白いね」。そしてふっと声を落としていった、「とくに、ときどきどこか遠くを見ているような黒い瞳はとても魅力的だ」

「そう。ありがとう」

「声はちょっとこもっていて、そのせいかドイツ語の発音はなにか日本の和歌を詠んでいるようだね。それがとてもチャーミングだけど」といった。

それはほめているのかどうか、わからなかったが、私はそれを事実として受けとめた。そして、学生時代にも私のドイツ語の子音がもうひとつくっきりしていないといわれたのを思いだした。

フランツはオーストリアでは名の知られた保険会社に勤めていた。営業担当だという。いかにもウィーン子らしく社交的で頭の回転の速い彼は、きっと営業ではいい成績をあげているだろう。しかし彼が会社でなにをしていようが、どうでもいい。ときどき同僚の女性の名前が会話に出たし、あるときなどは市電の停留所でひとりの女性と親しそうに頬をふれあうのも見たが、社交以上の関係ではないようで、安心した。

そういえば、こんなことも思いだされる。九月に入って国立オペラ座が夏期休暇のあと再開したときのこと、フランツは私を誘ってオペラに行くことになった。彼は人気の歌手が出るのでかなり早くチケットを予約していた。その当日、私はドレスアップしてオペラ座の正面で彼を待った。時間は六時。彼はときどき遅れて来るので十五分には着くだろうと思っていた。だが、その時間になっても、彼は現れなかった。チケットは彼がもっているので、私はなかには入れない。私はただ待つしかない。

三十分経った。そして一時間が過ぎた。まだ彼は来ない。さすがにもう待てないと思って、私は彼の家に電話した。電話は通じなかった。私はせっかくドレスアップしてきたのに、楽しみにしてきたのに、と思って腹が立ったが、どうしようもない。仕方なく帰宅しなければならなかった。ただ、せっかくおめかししたのだからと思って、ショッテントーアの近くの高級なカフェLで軽い夕食をとった。

もう電話などする気にならなかった私はその夜も彼にかけなかった。

翌朝七時、私は電話のベルで起こされた。

「フミコ、ごめん。昨日はオペラだったね」

「フランツ！　私、一時間も待っていたのよ！」

「ごめん、ごめん」

「いったい、どうしたの、私のことをすっかり忘れて、どこかで遊んでいたの？」

「とんでもない。じつは、オペラのことを忘れていて、出張にいっていたんだ」

「どこへ？」

「グラーツさ。帰ったのが十一時だったけど、もうフミコは眠っていると思って、電話できなかった」

「私、とっても楽しみにしていたのよ！」

「ごめん。今度とびきりの日本食をごちそうするから、許してよ」

「わかった。でも、まえにも約束をすっぽかされたことがあったわよね」

「うーん。そうだね。どうも僕のなかにあるオーストリア人のちゃらんぽらん《シュランペライ》気質なのかもしれない」

私はそれを何度も経験していたので、驚かなかった。知り合いの日本人の家族のためにホテルをきちんと予約した（不安だったのでわざわざフロントに出向いて予約した！）のに、当日彼らをつれてフロントに行くと、「予約されておりません」と平然と応答された。世界的なポップス界の歌姫セリーヌのイベントを電話予約し、いざチケットをプレイガイドに受けとりに行くと、やはり「予約できていません」といわれた。

だが、フランツのような一流保険会社の営業担当が同じようなことをするとは！　私はあきれて、思わず声をあげて笑ってしまった。私が電話口で笑ったので、彼もほっとしたような声で、いった。

「きちょうめんな日本人には理解できないだろうね、このシュランペライは。こちらでは役人も例外ではないんだ」といって、言い訳するかのようにつけ加えた、「でもね、それはオーストリア人の欠点とばかりはいえないんだよ。というのも、たとえばドイツ人みたいにきまじめで、秩序一点張りの生き方はきゅうくつだと思わない？」

「ハハハ、まあ、そうかもしれないわね」と私は苦笑して、いった、「ほんと、郵便局員も例外ではないようね」

「ああ、そんなこと、ここではめずらしくない。そもそもオーストリア人はね」とフランツはつづけた、「ドイツ人のように二元的には考えない。善と悪、真面目とたわむれというように白黒をはっきりさせないあいまいさ。それこそ黄金の英知ともいうべきものさ」

「黄金の英知？」

「そう。ものごとをかんたんには断定しないのさ。つねにあいまいさを残しておく。思想だけではなく、行動も同じ。とくにウィーン人とつきあうと、親身なのか、冷淡なのか、わからないことがすくなくない。誠意があるのか、ないのか、わからない。いや、自分自身さえ、どちらなのかわからなくなってしまう」といってフランツは笑った。

「そうね、すべてが優雅なあいまいさに包まれてね」と私はいった。

「まさにその通り。ドイツ人は徹底的になりやすく、一度決めたら自分の意志をつらぬこうとするだろうね」

「それを聞いて思いだしたわ。ベートーヴェンの交響曲は細部まで徹底的に構築された重厚な建築のようで、いかにもドイツ人らしいけれど、他方シューベルトの例の交響曲は未完成のままうっちゃられた」

「そう、ケルンの大聖堂は六百年以上かけて建てつづけ、やっと一八八〇年に百六十メートルの双塔をもって完成したけれど、ウィーンのシュテファンは百三十七メートルの南塔が一四三三年に完成したまま、北塔のほうはけっきょく未完のままだよね。ドイツ人は、あいまいでちゃらんぽらんな僕たちのことを理解できないだろうね」

「オーストリアの鳥は自分の翼が見えなくなるほど高くは飛ばない、といわれるわ。観念の壮麗な神殿を建てず、たとえ夢を見ていても、あるがままの現実を忘れない」

「たしかにそうだね」

かくて、この早朝の会話で私たちはオーストリア的シュランペライ気質を論議することになったのだった。そして、彼が約束した日本食の夕べは、今度こそ約束通りの時間にはじまって、久しぶりの高級な刺身やすしに私たちは舌つづみを打ったのだった。

その後も週一、二度は会ったが、私たちの会話はつきなかった。豊富な話題で会話をリードするのは、つねにフランツだったし、新聞に出ていないウィーン社会の事情を熟知していて、私にいろいろ教えてくれた。それは情報がごくかぎられている外国人の私にはとても助かった。私は人文系の知識しかないが、彼は物理や化学にもくわしかった。けれども彼はそんな博学をおくびにも出さなかった。それどころか、しょっちゅう冗談を飛ばしては私を笑わせるのだった。ときたまふたりが意見を異にしても、彼はじっくり私の言葉に耳を傾ける余裕をもっていた。

あえて私に気がかりだったことといえば、彼がかなりの愛煙家だったことだ。紙巻たばこも吸ったが、とくに好んだのはパイプだった。何本か高価なパイプをもっているといった。彼の行きつけのカフェは詩の朗読会も催される文学カフェBだったが、同じ建物にかつてホーフマンスタールの仕事部屋もあったことから、私もそのカフェに一度行ったことがある。しかし、店に入った私はただちにまた外へ出た。煙が充満していたのだった。フランツがいうには、そこでは周囲を気にせずにパイプをふかせるとのことだ。しかし彼は私のまえでは吸わなかった。どうしても吸いたくなるときは、寒い日でもバルコンに出て吸った。ただ、室内でも彼のジャケットからはハーフ・アンド・ハーフの甘い香りがただよっていた。

また冬になった。しかしフランツがいてくれたおかげで、この季節の憂鬱を感じなかった。クリスマスにはシュトレンやクリスマスケーキに初挑戦し、フランツは心から喜んでくれた。たくさんつくりすぎて、同じお菓子を一週間食べなければならなかったけれど。

交際をはじめて三年半が過ぎた夏、私たちは南イタリアに旅行した。フランツの運転するアウディのファイブ・ドアに荷物をいっぱい積んで、私たちはアルプスをこえた。フィレンツェやローマはすでに来ていたので、通り過ぎて一路ナポリを目指した。ローマよりもいっそう南国的なこの町とソレントを見たあと、カプリ島に渡ってペンションに五日滞在した。その旅はじつに楽しかった。それはじっさい私がウィーンに来てからいちばん楽しい時間だった。

昼は海で泳いだり釣りをしたりして、夕方になると私たちはペンションのバルコンの椅子に座ってシチリア産の濃厚な赤ワインを飲んだ。フランツはおいしそうにワインを味わいながら、眼を細めてパイプをくゆらせている。彼には、ワインを飲みながらパイプをやるのは至福のひとときなのだ。赤々とした偉大な南国の太陽がゆっくりと海に沈んでいった。

私はふと思いついて、部屋に戻り、さっき買ったばかりの、足元までとどく半袖のワンピースを着て、ふたたび彼のまえに現れて、いった。

「どう、フランツ、これ似合う？」

大柄の白い花模様をいくつもプリントしたマリンブルーの明るい色彩は夕日の黄金の耀《かがよ》いを背景に一幅の絵のように浮かびあがり、それを目にして一瞬驚きの表情をしたフランツに、思わず「フミコ、きみはきれいだ！」といわせたのだった。

フランツはやさしく私の手をとった。その手のあたたかさを心地よく感じ、しだいに暮れなずむ葡萄酒色の地中海を見ながら、私は彼に「ウィーンに帰りたくない」といった。あの暗い冬の町に帰りたくない。いつも白いやわらかなもやがヴェールのようにすべてをつつむなか、夢のうちに静かにまどろむような町、笑顔のない気難しい人々が多く、過去のトラウマに悩む人が多いためか、フロイトの精神分析学が生まれた町ウィーンには。それにたいして、この明るい陽ざしが照りつける国イタリア、抜けるような紺青の空、きらめく紺碧《こんぺき》の海、夜の海から吹きよせるさわやかな風、銀色に輝くオリーヴの木々、新鮮な海の幸、日焼けした、じっさい騒々しいが、いかにもすこやかそうな人々。今回の旅の経験はなにもかも私の予想をこえていた。それは輝き、充実した日々であった。


あの第二の青春のような時が、しかし、いつか終結を迎えなければならないとは、いったいだれが想像しただろう。だが、先のことは人間にはわからない。

イタリアから帰り、三週間の長い休暇がおわったフランツは、また会社に通う日々に戻った。美しい黄葉の秋に続いてまた冬となった。私たちはクリスマス休暇をどう過ごそうかと話しあい、私の希望でチロルに行くことになった。久しぶりに思いっきりスキーを楽しみたかった。フランツもスキーは得意だ。インスブルックの近くの村に彼の親戚が営むペンションがあって、彼はよくそこに泊まっては連日スキーに打ちこんで、指導員の免許を取得するにいたったそうだ。今回もそこに泊まることになった。

私は冬が嫌いだが、雪は好きだ。広々と広がる雪の山並みを見ているだけで何日も過ごすことができる。今回おとずれた村はオーストリア・アルプスのなかにあって、眼前には急峻な岩肌以外すべての斜面が白く冠雪した峨々たる高峰が連なっている。午後遅くペンションに着いて、その日は近くを散歩する程度でおわった。

翌日、私たちはスキーのために、朝食後すぐ、ペンションをあとにした。

ロープウェイでぐんぐん高所に昇ると、私たちの滞在する渓谷の小さな村がはるか下方に見えた。私はその高さにちょっと怯えたが、ゆっくり滑っていけばなんとかなりそうだ。日本にいたとき冬になると毎年スキーに打ちこんでいたことがこんなときに役立つとは思わなかった。雪はきれいなパウダースノー。周囲には見渡すかぎりかなたまで冠雪した高山が続き、その上方に澄みきった空が広がっている。フランツと私はしばらくこの風景に見とれていたが、「滑ろう」という彼の声で滑りはじめた。彼の滑りは美しかった。急斜面をさっそうと滑り降り、こぶをダイナミックにこえ、隘路《あいろ》で自在に回転した。それにたいして、私のほうは、ひたすらゆっくりとシュテムターンをしながら降りたのだった。下で待っていた彼はいつものやさしいほほえみで私を迎えた。午前中がそんな具合にたちまち過ぎて、私たちはレストランで昼食をとった。

午後になり、彼は私にレッスンをしてくれた。とくに熱心にとり組んだのがパラレルターンだ。これはなかなか難しかったが、フランツの忍耐強い指導のおかげでようやく日が暮れるころにはなんとかそのコツを知った。そのあと自分なりに何度も試みるうちに、一応それができるようになった。この分なら、明日は山上から彼と格好よく滑り降りることができるだろう。

スキーリゾートでの四日間はあっという間に過ぎた。最後の夜、私たちはペンションの部屋でシャンパンをあけて祝杯をあげた。こういうとき、倹約家の私とちがって、ウィーン子のフランツは高価なお酒を購入する。祝いの席で彼が好むのはいわゆるフランスのシャンパーニュではなく、セクトと呼ばれるドイツの発泡ワインだが、とても味がよくて、オペラの幕間にも飲まれるものだ。この日フランツが買ってきたのはホホリーグル社の高級品で、その味わいは格別だったし、その酔い心地もとてもよかった。

その夜、彼はとうとういった。「フミコ、僕たち結婚しないか」。私はうれしかった。私たちはやさしく抱きあった。私は幸いをかみしめていた。

その深夜のことだった。私は隣のベッドで寝ているフランツの咳で目がさめた。それまでになかった重そうな呼吸と嫌な感じの続けざまの咳。私は彼を起こした。彼はぐっしょりと汗をかいていた。

「どうしたの？　苦しそうだけど」

「ちょっと咳が出ただけだよ。大したことはない」

「いつもそんな咳をするの？」

「たまにね」

「一度ドクターに見てもらったほうがいいのでは？」

「秋の健康診断のとき一度いわれたけれど、たばこをやめたほうがいいと」

「そうね、あなたはかなりのスモーカーだから」

「疲れたときなど咳が出てね」

「ほかには具合の悪いところはないの？　とても苦しそうだったけど」

「ときどき息切れがしたりする」

「そう、ウィーンに帰ったらきちんと診察を受けてね」

「うん」

まもなく私たちはまた眠ってしまった。その夜もう咳は出なかったので、朝になると私はもうそのことを忘れていた。

一月になった。こちらでは元日が休みになるだけで、二日はもう仕事日である。そのため私は正月気分に浸っていることもなく、日常生活に戻っていたし、フランツも休暇中にたまっていた仕事を片づけるために、いつもより忙しく仕事をしていた。

彼はゆっくりする時間がとれないようで、中旬に一度映画を見たあとカフェに入っただけで別れた。ようやく一月下旬になって一緒にレストランに行き、その後、彼は私の部屋に来た。そのとき私はいつもとちがう気配を感じた。

「どうしたの？　今日のあなたは疲れているみたい」

「別にそういうわけではないんだけれど」

「なにかあったの？」

「じつはきみに話そうと思っていたことがある」

「なに？　そんな真顔でいわれると怖いわ」

「先日かかりつけのドクターに診てもらった」

「あっ、そうだったの。それでどうだった？」

「もっと大きな病院で検査を受けるようにいわれて、ＡＫＨ（ウィーン総合病院）に行ってきた」

「それで？」

きっと、よくないことがあったのだと私は直感した。

「胸にちょっとした影があった。ドクターは肺がんだといった」

私は驚きのあまり言葉が出なかった。続いて彼の言葉が耳に飛びこんできた。

「来月手術することになって、きみにもそばにいてもらいたいんだ」

私は機械的に「はい」と返事をすることしかできなかった。

彼は入院して手術を受けた。それは予定通り行われ、フランツは一般病室に戻った。私は彼に駆けよって抱きついた。彼は力のない手で私の手をにぎり、微笑した。

その後、私は仕事の合間をぬっては病院に彼を見舞った。抗がん剤が投与されていくと、彼の食欲はみるみる落ちた。いくらかやせた顔を鏡で見ながら、彼は「贅肉《ぜいにく》がとれて、スマートになった」と強がりをいった。私にたいしていつも何か気のきいたことをいおうと心がける彼は、その分ひとりになったときには落ちこみが激しかったようだった。ナースによれば、彼はしばしば弱気になり、不安で眠れない夜が続いたという。

やがて彼は退院し、いくぶん体力が戻ったとき、会社に復帰した。上司や同僚が気遣ってくれて、しばらくはなるべく負担の軽い仕事をすればよいことになった。そして一年が過ぎた。定期的な診察を受けながら、彼はまたいつしか日常生活をとり戻していった。私は週一度私のもとをおとずれる彼のために高価な豆腐を使った日本食をつくり、おなかにやさしい煮魚を出した。しだいに笑顔をとり戻してきた彼はまたジョークをとばすようになり、私はほっとしたのだった。

しかし、それは長くは続かなかった。がんの転移が認められたのはその年の三月だった。肝臓に転移していたのだった。私はどうしていいかわからないまま、入院した彼のかたわらに無気力に座っていた。ふたたび、手術と強い抗がん剤の投与。しばらく経って、やっと退院したが、もはやかつての楽天的な晴れやかなフランツではなくなっていた。全体に体がひとまわり縮み、一挙に十年も歳が増した感じになった。食欲は減退し、日本食を出しても半分ほど残すようになった。この頃なにもする気が起こらないと、彼としてはめずらしく私に嘆いた。

彼は休職し、治療に専念するようになった。疲労と倦怠《けんたい》はいっそうつのり、体があちこち痛むようになった。転移が確認されたころから、彼は自分の最期を見すえるようになったように思う。彼は最後の日々を風光明媚な場所で過ごしたいといい、望んだのは上部オーストリアのトラウン湖畔、トラウンキルヒェンだった。若い頃トラウンシュタインに登ったあと、友人とこの村で三日間過ごしたということだった。楽しかった青春の思い出の場所なのだろう。

この村からかつての皇帝の避暑地バート・イシュルの病院まで車で行ってもそう時間はかからない。私は彼の車を運転して一緒にこの保養地に行った。彼はそこの病院で診断を受け、湖畔のペンションから定期的に通うことになり、このペンションを彼は長期で借りることになった。彼を病院に連れてゆくのは、特別に依頼した村人だった。私には授業が週三回あったので、週末に彼を訪ねることしかできなかったのだ。それも毎週はとても無理だった、というのもウィーンから列車で六時間以上かかるからだ。私が訪ねると、ベッドにいる時間が長くなった彼はいつも私の手をとって「きみには迷惑をかけてすまないね」と何度もいうのだった。

同じ上部オーストリア湖水地方でも、もっとザルツブルクに近いアッター湖やヴォルフガング湖は多くのツーリストがいて、明るい雰囲気が支配しているが、ここトラウン湖最南端部は秘境のような雰囲気をもっている。湖はかつて氷河によって削られたアルプスの湖らしく深く透明無比で、その上で白鳥が餌をあさっている。湖畔には住宅が建っているものの、昼でも人の声はいっさい途絶え、さざ波が岸に打ちつける以外なにひとつ物音がしない。対岸には峨々たる台形の山トラウンシュタインがそびえ、その頂からまっさかさまに落ちる絶壁のふもとには黒々とした針葉樹林が点在し、それが湖畔にまでおりている。周囲にもこの地方特有の白々とした石灰岩の岩山が連なっている。まるで時間が停止したかのような静寂とよせては返すさざ波。湖に突き出た大きな岩塊の上には木々に囲まれた古い礼拝堂が残っている。こんなひっそりとした寂しいところをフランツがなぜ終の居住地として望んだのか、いまも私は理解できない。

そして、おわりの日となった。そこに住んで二か月経過したとき、彼の容態が急に悪化して、ちょうど週末で彼のもとにいた私はすぐに病院に運んだが、もう病は手の施しようもなく進んでいた。担当の医師は、すでにフランツがここへ転居したときから、もう長くないのを知っていて、私にもそう告げていたのだった。入院して二日後に彼は帰らぬ人となった。最後のとき、彼は私をじっと見つめ、やさしいほほえみを浮かべた。彼が私に伸ばした細い手を私はしっかりとにぎり、彼は安らかな表情のまま旅立っていった。

彼の最期をみとった私は再三ひとつの思念に立ち返っていった。この世には私たちがどう努力してもかなわないことがいくつかある。運命と死。この二つはとくに圧倒的な力をもって人間に襲いかかる。古代・中世の人々がこの二つを恐るべき意志をもった存在として寓意化したのは正しかった。人はだれもこの力を逃れることはできない。古代ギリシアでは神々さえも従ったのだから。運命は途方もない偶然のように見える。だが、そこには定めが、神慮のごときものがあるのだろうか。人間の善意の生きざまにもかかわらず実現されてゆく執拗なもくろみがあるのだろうか。しかし私たちはそれを知らない。人の目にはいっさいが偶然の連鎖にしか見えないが、あの無双の知を誇るオイディプス王は、ひとつひとつの「偶然」が、あたかも計算されたように、組みあわされて、栄光の極みから奈落へと突き落とされていった。その全体が神託を下したアポロンの計らいだったのか。彼のすぐれた英知がみずからの運命にたいしては完全に無知であったというアイロニー。こうして、激しくたぎりおちる滝の流れのように、人は運命に翻弄されて、あちらの岩からこちらの岩へ、またこちらからあちらへと投げだされ、砕かれ、呻吟《しんぎん》するのだ。そうなのだ、思いがけず自分に幸いがめぐってきたとしばし喜ぶも、それはまたふいに他人のもとへ去ってゆくのだ。

私は病院から空虚なペンションに戻った。フランツの荷物をまとめるためであった。夜、私は湖畔に出た。湖は黒々と横たわっていた。その上に、切り立つ岩壁をほの白く浮かびあがらせたトラウンシュタインが巨大な影のように屹立《きつりつ》している。上を仰ぐと、夜空一面に思わずおののくほどの星々がきらめいていた。頭上には無数の星屑からなる銀河が白いヴェールのように流れ、私は端から端まで眺めやった。周囲のすべてを苦しくなるほどの静寂が領していた。この広大な夜の景観を眺めていると、私は自分がなにか名状しがたいもののうちへ吸いこまれてゆく眩暈《めまい》をおぼえるのだった。荒々しいこの風景そのものが、人間を絶する運命、そして死の影のように思われるのだった。

夜空いっぱいに拡がった銀河を見ながら、私の記憶は、まだ幼かったとき、両親に連れられて房総へ海水浴に行ったときのことを呼び起こした。

一日中楽しく遊んだあと、夕食後私たちは浜辺に出た。宿がすこし離れたところにあったため、まわりには海水浴客もいなかった。むこうに海の家の灯りがいくつか見えた。が、私たちの周辺にはだれもいなかった。浜辺の砂の感触がはだしに心地よかった。しばらく花火をして楽しんだあと、父が、「ほら、史子、空を見てごらん」といった。

私の驚きはいかばかりだったろう、いきなり満天の星が目に入ったのだった。父はいった、「真上に見えるのが白鳥座。十字の形をしているね。線が長いところが頸《くび》。それをはさんで、こちらが琴座の織姫、あちらがわし座の彦星。一年に一度だけ七夕の夜にふたつは会うんだ。そしてふたつのあいだに白く流れるのが、ほら、きれいに見えるね、銀河だ」。父はほかの星座も教えてくれたが、耳には入らず、私はただ空を見つめていた。ざぶん、ざぶんと寄せる波の音がする以外、周囲はまったく静まり返っていた。銀河というものを私はこのとき初めて見た。それにしても、なんという無数の星だろう。ときおり流れ星がサーッと落ちていった。この渺茫《びょうぼう》と拡がる夜空のはてしなさに初めて気づいた私はとつぜん恐ろしくなった。自分がこのまま、どこまでも拡がる闇の深淵のなかに吸いこまれるような気がしたのだった。ざぶん、ざぶんという規則的な波の音がいっそう大きくなり、自分が立っている大地がゆれるような気がした。私は思わず母の手をとっていった、「お母さん、こわい」

それと同時に、まったく奇妙にも、私のうちに別の感情が、ふしぎな高揚感が湧いてきたのも事実だった。それは、自分はいまこんな大きな世界とひとつになっているという感覚だった。そして、自分が生きているというぞくぞくする実感だった。私はもういちど空を眺めた。無数の星辰《せいしん》はもう私を飲みこむばかりに迫っていた。私は、幼いながらも、いまこの広い空は私のものになっている、かけがえのない私自身の心の空間になっている、私はこの世界を心にいだいて手放さないようにしよう、と考えた。

それに続いて心に浮かんだのは、私はこれから、こんなはてしない空間のなかにひとり生きてゆくのだろうという予感のような思いであった。いったい、私はこれから先どこへ連れてゆかれるのだろうか。私が初めて孤独というものを感じたのはこのときだったかもしれない。私はけっして人間嫌いではないけれど、どちらかというとひとりでいるのを愛する人間であって、そうした傾きはすでにこんな幼少のころにさかのぼるように思われる。そして、ウィーンに住むようになってから通奏低音のように私のなかに潜在することになる孤独の感情も、そうしたところに遠因があるのかもしれない。

フランツの遺品は妹が整理し、わずかな遺産も彼女と老いた母親が相続した。私はそれを当然のこととして承諾した。私は情が薄いのだろうか、フランツを亡くした悲しみは無論あるし、万感胸に迫るときもあったにせよ、生活を瓦解させるような厳しい喪失感にさいなまれることはなかった。この地で私に初めて深い幸いをあたえてくれた彼は忘れがたい人ではあるけれど、毎日涙とともに目覚め、涙とともに眠るというようなことはなかった。私の日常生活が激震することはなかった。何人かの人が「さぞ、おつらいでしょう」といってくれたが、私にはなにか他人事のように聞こえた。

しかし、ここでいっておかねばならないことは、フランツの死を契機として私のなかで死という事象がある切迫感をともなった身近な現実として意識されるようになったということだ。それまではどこか遠く観念的なものでしかなかった死が、しかし、あの湖畔の夜、闇のなかにそそり立つ荒々しい山岳と広大な星空を、人をつつむ運命と死の象徴のように感じて以来、私にも無関心ではいられぬものとして突きつけられるようになったのだった。はじめ私はそんな思いを振り払い、つとめて考えまいとした。しかし払っても払っても、それは執拗に私の心を領し、あたかもじっさいに骸骨姿の死神がいるかのように、思いは私のうちにとどまるようになった。

人はかならず死ななくてはならないし、もとより人の生など、はかないものなのだ。私が大事にしているものもすべて流れ去るではないか。時間は急流のように流れてゆくではないか。最終的な死をめざして。そんな人間にとって、生に執着する必要などどこにあるのか。死は近い。

そのころだった、私の思いが再三ホーフマンスタールに集中したのは。日本の大学でこのウィーンの詩人を専攻したこともあって、私はこの地で彼の戯曲やオペラをできるかぎり観てきた。ウィーンをおとずれるツーリストを喜ばせる珠玉のオペラ「薔薇《ばら》の騎士」の台本を書いたこの詩人は生涯にわたって死や生の無常をテーマとしていた。最初の戯曲から、ザルツブルク音楽祭で毎年上演される、貴人の死を主題とした『各人《イエーダーマン》』を経て、最晩年の戯曲『塔』にいたるまで。彼にとって、死は予期せぬときに人を襲い、華やかな地上の世界から無限のかなたへとらっしさる強大な力であって、それをまえにして、地上の美も栄華も虚しい。

トラウンキルヒェンから戻って二週間が経った夜、ふと私は森鷗外が訳したこの詩人の戯曲『痴人と死と』を読みたくなって、書架の奥から鷗外全集を取りだした。さすがに古風な訳だが、格調は高い。こうした重厚で格調ある日本語はつねに私の模範だ。やたらと漢字が多いのに閉口しつつ、ついおわりまで読んでしまった。

まだ十九歳だったホーフマンスタールの手になる詩劇『痴人と死と』の主人公クラウディオは、邸宅にあふれる美術品に囲まれて芸術至上主義《ラール・プール・ラール》の極致に生きる典型的な世紀末的デカダンであり、人を愛することをいっさい知らず、生き生きとした生の躍動もないその生は、はなはだしく空虚だ。

だが、美的生活に自足し、メランコリーのうちにも快楽を見いだすこの人生の傍観者のまえに、いきなり死神が現れ、彼を恐怖のうちに突き落とす。そして、死神はつぎつぎにクラウディオがつれなくした母、恋人、友人の幻影を呼びだして、彼が愛も友情もなく過ごしてきたことを知らしめる。しかしいまさら後悔しても、もう遅い。人生の時間は戻らないのだ。最後に主人公は、「いまおれは夢の生から覚醒し覚めた死に入ってゆく」といいながら絶命する。

私は、本から目をあげて、いつしか部屋の灯火も消えたヴェルトハイムシュタイン邸を見おろしたが、詩人の分身クラウディオがいまもなかにいるような気がした。そして、この人生の根無し草《デラシネ》はどこか私自身のようだと思うのだった。

そうなのだ、豪奢《ごうしゃ》な芸術も富も、洗練されたエロスも、死が現前するとき、なんと虚しくはかないものだろう。とりわけ、真に生き、人を愛したことのない者にとって。私はこのあまりにも単純なことを初めて彼から教えられた。ゆたかな富とあふれるばかりの教養を授けられて育ったこの詩人が、これほどまでに自身の孤独な耽美生活を相対化する厳しいストイシズムに私は驚く。

そのまま暗い邸宅に目をやりながら、私は考えた。死者はいったいどこへゆくのか。死の実体とはなんだろう。それはまったくの無なのか、永劫《えいごう》の闇か、あるいは光まばゆい世界なのか。死をめぐってはもはや底知れぬ神秘しかない。人間の知はこの途方もない壁に当たって途絶する。そして、その死はいつ人を襲うかだれも知らない。バロック的なメタファーを使うならば、人間はしばらく、生と死のあいだに拡がる世界劇場のなかであたえられた役割を演じ、演じおわれば、すみやかにかなたの国へ帰ってゆく。生は夢のごとき短い期間、人に託されたにすぎない。そう、託されたにすぎない。

このような詩人の通奏的な主題は、日本にいたときはよく理解できなかった。おそらく私は若すぎたのだろう。若いときは血のなかに生命がたぎり、死について熟慮することは困難だ。だが、もうひとつ、東京とウィーンの決定的な精神的背景の異なりも理由ではないかと、いまは思う。ハプスブルク帝国においてスペインとカトリック的神秘思想を共有したオーストリアの首都に育ったこの詩人は、もうその遺伝的形質のなかにバロック的な無常観を宿していた。彼だけではない。多くのウィーンの知性がそうだ。それは当地に歌い継がれる庶民のリートにまで根をおろしている。ここに住む年月が増すなかで、この町そのものがいまだにそのような空気を呼吸していると私は思うようになった。オーストリアの精神にこうした「死を想え《メメント・モリ》」の感情が深く根づいているのを私はこの地でたびたび経験している。このウィーンという町は死について思いめぐらすのに世界でもっともふさわしい町といえるかもしれない。生への意志だけが人々を駆り立てるパリやローマとなんとちがうことだろう。

くりかえし読みたい本というものはそう多くない。しかし『遠野物語』は私にとってそういう一冊だ。大学時代に友人からそれを読むよう勧められたが、しばらく忘れていた。こちらに来て日本文学史を読んでいたとき、その本のことが短く書かれていた。友人の勧めを思いだした私は日本から文庫本を送ってもらった。読みはじめると、たちまちいいようもない感興にとりつかれ、二日で読みおえた。それからまた部分的に再三読み、多くのページに書きこみを入れた。これほど書きこみをした本は数冊しかない。

いったいなんという世界だろう。人間の生活世界にこれほどのふしぎな出来事が存在するとは。人が死ぬとき別の場所に姿を現したこと。また人が死ぬのを知らせる種々の予兆。いったん死にかけた人がかなたの世界を一瞬経験する臨死体験。明治三陸大津波で亡くなった女が夜の浜辺で、生き残った夫のまえに現れたこと。それとは別の話では、やはりいまは亡き家族の者がふたたび姿を見せたこと。また、つい先日亡くなった女が夜、市街地の橋を渡ってきて、出会った男に金《かね》の入った袋を渡した話。こうした超常現象の数々がここに書かれている。

さらに天狗や山の神、雪女や山姥《やまうば》のような異界の存在が人を脅かす。女が神隠しに逢って、山に連れていかれ、山女になる。別の女は河童の子を産み、それを斬りきざんで土に埋める。繁栄する家から座敷わらしが去ったとたん家の者たちがみな死に絶えて、家は一日にして没落する。聖なるものと崇められているものを文明開化の時代に足蹴にした警官がたたりで死ぬ。この物語はかくもふしぎと死の影におおわれている。

現代人は日常生活において死をすぐに封印し、目にふれまいとする。可能なかぎり考えまいとする。しかしこの物語が伝えるのは逆である。それは生と死の境界が失せ、二つが連続する世界だ。二つは異質ながらも、そのあいだを人は行きかうことができる。死者は生者の記憶のなかに鮮明に現存し、それどころか死者の思いが現身《うつせみ》の姿で生き返る。死者がすぐ近くにいる世界。死が日常生活のなかに浸透している世界。このような怖く、しかし、その死者が親しい人の場合、ひどくなつかしい世界。こうした世界がたんなる虚構としてではなく、村人たちの経験として、紛れもない事実として、いや、さらに人間の根源的な経験として、語られるのが衝撃的だ。だからこの本は百年経っても古びないのだ。

じつにこの天地には人の哲学では夢想もできないことが多くある。この本は、たんなる異界趣味をこえて、人間のうちに眠る超自然の世界への関心をよびさますのだ。

こうしたかずかずのふしぎを信じ、受けいれるのは、人間の豊饒《ほうじょう》な内面空間である。この物語に登場する人々だけではない。人間にはそういう心の世界があるのだ。なつかしい心の奥深い世界、「魂の次元」というものが。そして、心のこの深みでこそ、人間は人の生死にたいしてえりを正し、神仏に手を合わせて敬虔《けいけん》に祈るのだろう。人を獣と区別するこのような次元を、私はけっしてただの世迷いごとや迷信と片づけたくはない。私はこの反時代的な魂のドキュメントを自分なりのドイツ語に訳してみたいという思いにひどくかられ、半年かけて翻訳せずにはいられなかった。

フランツがいなくなってからまた以前の単調きわまりない生活に戻った。その年の九月中旬の朝九時、カフェ・ツェントラールにはまばらにしか客はいなかった。窓から流れ入るやわらかい光が店を充たし、ベージュ色の大理石の柱にあたって、テーブルに拡げられた新聞の上に跳ね返っていた。もう夏のようにぎらぎらしない、この秋の光が私は好きだ。いつの間にか私はまた朝の時間にカフェをおとずれるようになっていた。とくに午後のカフェはにぎやかで華やかだけれど、私のような異邦人をよけい孤独にする。カフェは容赦なく孤独を意識させる。それなのに私はカフェに行く。仕事部屋での真空のような寂寞のなかにいると、せめていささか人間的なざわめきにふれたくなるからだ。

いつも顔を見る年配のウェイターが担当するテーブルがこの日は空いていたので、そこに座り、サンドイッチとカプチーノを注文した。にこやかな笑みを浮かべて、彼は短く「承知しました」といった。彼はもう開店したときからこの店にいる。その身のこなしはてきぱきして無駄がない。身につけている黒のタキシードはいくらかくたびれているが、まだしばらくは着られるだろう。とくに私は勘定のさいにチップを渡したときの彼の感謝の表現が好きだ。けっして大きな額を渡すわけではないが、彼は笑みを絶やさず、「ありがとうございます《ダンケ・フィールマルス》」とていねいに礼をいう。ウィーン風の礼節を絵に描いたようなこうした人物、こうしたていねいな接客にふれると、しばらく心地よい余韻が残るものだ。

カフェではまた新聞を丹念に読んだ。それから演劇・オペラ関係の雑誌をひとつ。かつてフランツと観た劇がまたブルク劇場で演じられている。その記事を読みながら、私はその劇について彼がいった、じつに気のきいた言葉を思いだしていた。

カフェを出た私は王宮内にある国立図書館に足をむけた。玄関真上のハプスブルク家のシンボル・双頭の鷲をちらっと見て、なかに入る。入口で証明書を見せたあと、ロッカーに荷物を入れ、私は広い読書室に入った。今日は寒いせいか、来館者はわずかだった。窓際の席は学生時代から私のお好みで、窓からは隣の王宮庭園が見える。白樺や柳の大きな木々が目を休ませてくれる。木々の緑の葉はもうすぐ黄色に染まるだろう。この庭園はフランツと何度も歩いた場所であって、こうして眺めていると、また時間が逆流するような気がする。すぐむこうをフランツが歩いているのが見えるような気がする。パイプを片手にジョークをいって私を笑い転げさせた、いくらかちゃらんぽらんなところのあった彼がいまにも現れるような。ただ、その幻影はふっと消え、ふたたび目に入ったのは木々ばかりだった。秋のはじめとはいえ、ときどき冷たい風が吹くようで、枝が小さくゆれていた。庭園を歩く人はほとんどいなかった。これからはじまる冬、私は刺すような孤独感に耐えられるだろうか。

第四章　檜山秀樹とのめぐり逢い

私は晩秋のウィーンが好きだ。ブナやナラの目もさめるような黄葉はいくら見ていてもあきないし、もうすぐ冬になるまえの陽ざしのやさしいぬくもりがことさらうれしく感じられるからだろう。

今日は小春日和で暖かく、思いきって遠くまで散策した。市立公園《シュタットパーク》のカスターニエンの木々がすっかり黄色く色づき、なかば落葉していた。クアハウスの花壇にはなお遅咲きの赤や黄の薔薇が開き、ヴァイオリンを弾くヨーハン・シュトラウス像を背景にしてツーリストが写真を撮っている。私は緑に塗られた椅子に腰かけて、穏やかな陽光を楽しむ人々を眺めていた。かなたにはホーフマンスタールが学んだネオゴシック様式のアカデミー・ギムナジウムがある。そう、フランツもそこで学んでウィーン大学に進んだのだった。

ここに来ると私の心が落ちつくのはどういうわけだろう。私にとってこの公園は最初のウィーンだったたからかもしれない。初めてこの町に来た日は三月下旬だった。夜の寒さに震えた私はホテルから出ず、すぐに眠ってしまった。翌朝、いまにも雪が降りだしそうな曇天のもと外に出た私は、そのままホテルに面したこの公園に入った。いまは金色に塗られているシュトラウス像は、当時は黒々としていた。それを過ぎた公園のはずれにはウィーン川が流れ、その石造りの川岸や橋、それに付設されたあずまや風の建築物がすべてアール・ヌーヴォー様式で造られていた。その白々とした石のモニュメントはだれからも忘れられたように暗い空の下に横たわっていた。そのまま川に沿って公園を歩くと、鴨が何羽も岸の草地に安らっている池に出た。ベンチに座った老夫婦が厚いコートに身をつつみ、鴨を眺めていた。静かだった。なんという静けさだろうと思った。ほとんどの木々はまだ葉を出さず黒々と並んでいたが、池の周りの柳だけはすでに黄緑の葉をつけていた。ときおり早春の身を切るような風が吹いていた。

ここに来ると、きまってもうひとつ、いまは夫となった秀樹さんとの最初の出会いを思いだす。それは、フランツの死から四年半が経ったときだった。いつしか安らかな想起のうちに私は彼をしのぶようになっていた。私は四十六歳になっていた。時間はどんどん流れていた。そのあいだ、私は細々と翻訳を続け、エッセーを雑誌に載せていた。日本人学校ではドイツ語の講師を続けていた。毎日がそんな単純な生活だった。私はすっかりひとり暮らしに慣れてしまっていた。

十二月としては連日暖かい日が続いた初旬のある日、私はこの公園にいた。カスターニエンの葉はすっかり枯れて舞い落ちて、あちこちその丸いこげ茶色の果実がころがっていた。クアサロンの噴水は勢いよくあがっていた。私は緑に塗られた椅子に腰かけ、日本人むけのウィーン案内誌を読んでいた。隣の椅子にだれかが座った。見ると、ダークグレーの中折れ帽をかぶった中年の日本人らしい男性だ。目が合った。私は軽く会釈し、そのまま雑誌のページに目をやろうとしたとき、その男性は私に話しかけた。

「いい天気ですな」

私を見てすぐに日本人とわかったのだろうか。

「そうですね」

「失礼ですが、読んでおられるものが日本語だったので声をかけました」

「そうですか。あ、これは日本人むけの催し物案内ですが、ご存じありませんか」

「そんな便利なものがあるのですか」

「ええ。この町の主な催し物が毎月紹介されますの」

「ほー、オペラやコンサートも」

「もちろん」

「どこで手に入るんですか」

「ああ、オペラ座裏のインフォメーションで」

「このあいだ行きましたが、気がつきませんでした」

「しばらくこちらに滞在されますの？」

「ええ、あと三年は」

「そうですか」

やがて会話は途切れ、私たちはそのまま別れた。

その翌年の二月、雪模様の空の下、私はヨーセフシュタット劇場に行った。はじめに軽く食事をとろうと思って、ピアリステン教会に面するカフェに入った。外は寒かったので、渋い黄色のファサードが美しいこのバロック教会が望めるテラスではなく、室内に席をとった。夕食には時間が早く、まだ室内は閑散としている。食欲もないため、グーラッシュスープとサラダだけ注文した。半分ほど食事をしたとき、ふと奥を見ると、新聞を読んでいる男性が目に入った。よく見ると、二月まえに公園で会った男性だった。こちらに気がついていないようだったので、私も食事を続け、そのまま店を出た。

劇場に入った。年配の人たちはきちんとした身づくろいをしている。劇場はフランス革命に二年先立つ一七八七年に建てられた古い建物だ。つまり、まだモーツァルトが生きていたときだ。すべて木造で、廊下やホールの天井が低く、ダンスホールのような広間が付設されている。照明は暗い。この広間には壁のあちこちに絵がかけられていて、それがまた古い。広間の所々に白いクロスがかけられたテーブルがあり、十人ほどの人たちが軽食をとっているが、だれも小さな声でひそひそ話している。古風なシャンデリアがほの暗い光を放っている。

ここでは舞台や観客席もじつに古風だ。一列が十四席しかない小規模の劇場で、舞台も小さいが、それでも客席は四階まである。正面の天井下の壁にはハプスブルク家の紋章である双頭の鷲が堂々とすえられ、平土間の真上には大きなシャンデリアが下がっている。左右の側にはロージェがたくさんあって、どれもえんじ色のカーテンや壁布で統一されている。まさに全体として文化財としての劇場だ。もうひとつテアーター・アン・デア・ウィーンもそういった古風な劇場である。いつ火事で焼失してもおかしくはないこういう劇場で芝居を見られる喜びは小さいものではない。

芝居はライムント作の『浪費家』だった。ひとりの金持ちが、莫大な財産を蕩尽《とうじん》し、運命のいたずらもあって、乞食の境遇にまで落ちぶれる。金の切れ目は縁の切れ目で、彼に仕えていた侍従をはじめ、いまやだれからも冷たく扱われるが、そんな彼をただひとり、かつての従僕である指物師ヴァーレンティーンが世話してくれる。だがその後、彼にまた思いがけず運がめぐり、多大な財産に恵まれる。そんなメルヒェン的な運命ドラマだ。

途中、幕間の休憩があった。私がホールで紅茶を飲んでいると、数メートル先の席に彼が見えた。先ほどカフェで新聞を読んでいた人、シュタットパークで会ったあの人が。彼もこの芝居を見に来ていたのだった。ということは、かなりドイツ語ができるということか。

私がちょっと見ていると、彼もこちらを見た。視線が合った。私はいくぶん照れくさい気持ちで会釈すると、彼が来た。彼は、おそらくハリスツイードだろう、グレーのヘリンボーン柄のジャケットを着ていた。濃茶色のウールのネクタイがよく似合っている。私は紅紫色のビロードのワンピースに真珠のネックレスをつけていた。きちんとした服装で来てよかったと思った。手にはケルントナー通りで昔買ったヴェル・サクルムのバッグをもっていた。

「こんばんは。またお会いしましたな」と彼は挨拶した。

「ああ、こんばんは」

「いや、先日は日本語の案内誌を教えていただきまして、その後、インフォメーションで手に入れました。ありがとうございました」

この人は背筋を伸ばすと、思ったよりも背が高い。髪は黒いが、脇にいくらか白いものが混じっている。相手の目をしっかり見つめるけれど、目にはにこやかな笑みをたたえている。ただその目にはわずかばかりかげりがあった。

「どういたしまして。毎月出るので、けっこう役に立つんですよ」

「そうでしょうな」

「ライムントはお好きですの?」

「いや、文学のほうはよくわからないんですが」と彼は芝居まで見に来たことをすこし恥じるような口調でいった、「有名な芝居だというので来てみました」

「けっこう古いドイツ語ですね」

「そうらしいですね。私はドイツ語を大学でちょっとやっただけなので、とても芝居のせりふまではついていけませんでしたが」

「芝居やオペラの言葉って、難しいですものね」

「ええ。それであなたは」と彼は話題を変えていった、「もう長くここにお住まいなのですか」

「もう二十二年になりますの」

「それは長いですな」

「ええ」

それから私たちは、この古い劇場のつくりや雰囲気について話した。そんな会話をしているあいだに休憩時間はおわり、私たちは席に戻った。

第三幕では指物師を演じる俳優によって「かんなの歌」が歌われた。それは単独でもウィーン・リートとして歌われるものだ。この劇に来る人はたいていこの歌を聴くのを楽しみにしている。

人はしょっちゅう言い争う、
「幸福とは何か」とね。
ひとりが他方を馬鹿と呼ぶも、
けっきょく何もわからずじまい。
いちばん貧しい者であれ
はたから見れば金持ちすぎる。

運命はみんなにかんなをあてて
ひとしく削ってしまうのさ。
……
いつか死神あらわれて
「兄弟、来なよ」と招くなら、
はじめは聞こえぬふりをして
振りむくことさえしないでおこう。
だけど、彼が「ヴァーレンティーン、
面倒かけるな、さあ行くよ」といったなら、
自分のかんなをそこに置き、
この世にあばよというだけさ。

指物師を演じた老練な俳優は歌でも観客の心をとらえた。大きな拍手が鳴りやまなかった。十九世紀の三〇年代につくられたこの戯曲はぜんぜん古さを感じさせなかった。ギリシア劇のように正面から恐るべき運命をみすえた深刻な悲劇ではなく、ウィーン風の軽妙・洒脱のなかに、だれにも平等におとずれる運命に粛然と従うことを教えるドラマだった。

「かんなの歌」に耳を傾けながら、私は自分の過去を振り返っていた。なんという偶然の連鎖

だろう。生まれ故郷から遠く離れたこんな劇場にいまいることがひどくふしぎに思われた。その間、思いがけず何人かの人に会い、影響されたり、道が開かれたり、幸福な一瞬を経験したりした。運命はよほどいたずら好きなのだろうか。それはいったい私をどこへ連れてゆくのだろう。

それはそうと、この日本人男性とはたまたま二度会ったが、彼は私の記憶にぜんぜん残らなかった。ただのゆきずりの人にすぎなかった。ただ、観劇の数日後、ふっと彼と幕間に交わした会話が思い出された。それはあの劇のテーマについてであった。あのとき彼は私にいったのだった。

「あなたは運命というものがあると思いますか」

「考えたことはありますわ」

「私はね、経験からそれがあると信じますな」

「どういう運命ですの？」

「見えないところで人を導いてゆく大きな力といったらいいか」

「そうですね。大きな力。人間には抗えないもの」

私がそういったとき、彼はにこにこと笑いながら、いった。

「私はある女性と出会ったことがありますが、その人は一見クールで、なかなか感情を外に出さないのですが、じつはうちに強い情念をひめた人のようで。そんなところがとてもミステリアスで、私は会った瞬間にひかれました。なにか目に見えないものによって引き合わされた気さえしましたよ。運命の女性《ファム・ファタル》のような人ですな」

「まあ、そうでしたの。で、そのミステリアスな方とはいまもお会いに？」

「ええ、近くに住んでおられます」

「まあ、私もそんな魅力的な女性にはお会いしたいわ」

「今度紹介しましょうか。おそらくあなたもよくご存じの方ですが」

数日後このたわいもない会話を思いだした私は、はっと思った。彼が暗示的に示したのはこの私のことだったのではないかと。そして、あのときじっと私の目にそそがれた彼の視線、にこやかにほほえみながら、なにかにひきつけられた、強い関心をひめた視線を思いだした。


私たちが出会った舞台、このウィーンは小さな町だ。とくに行政や商業・文化が集中する中心区となると、東京やパリの比ではない。中心区はリングという環状道路の内部と、そこから各方向に延びる何本かの主要な通りにそった地区であり、密度の濃い市電のネットワークによって比較的容易に移動できる。そのためウィーン在住の邦人が偶然出会うことがすくなくないし、私たちが三度遭遇したのもさほどふしぎなことではないのだろう。

私たちがまたばったり会ったのはベルヴェデーレ宮殿のテラスカフェにおいてであった。やっと寒さがいくらか緩んだ三月中旬の日、私は住まいからはかなり離れているが、市電を一度乗り換えるだけで行けるベルヴェデーレに散策におもむいた。この宮殿には有名なクリムトやシーレの名画が展示されているが、私はもう何度も見ているので、その日は美術館には入らずに、木々が幾何学的に整然と配置されているフランス風の広い庭園を歩くだけにした。そのまま、なだらかな坂を昇ってウィーンの街の眺望のよい場所に出た。しばらく眺めてから、私は隣接する野外のカフェの席に腰かけた。陽ざしが快かった。あたたかいメランジェを飲みながら手にもっていた本を読んでいたとき、「こんにちは」という声がした。目をあげると、あの男性だった。彼は手にクリムトの画集をもっている。それでいま美術館から出てきたと知れた。

私は自然に横の席を指して、「もしよろしければ、どうぞ」といった。

「ありがとうございます」

「クリムトはいかがでした？」

「きれいですな。美術の本では何度も見ていましたが、実物を見るのは初めてで」

「そうですか。やはり『接吻』がお気に召しまして？」

「それもよかったけれど」といって、本をめくってそのページを開いて、いった、「私はこの『アデーレ・ブロッホ＝バウアーの肖像』がとても気に入りました」

「ああ、それも黄金色がちりばめられて、ほんとうにきれいですね」

「たくさんの円形や四角の幾何学模様がなにを意味するのか考えながら見ていました」

「いろいろな解釈があるようですね」

そのときウェイターが来た。彼はウィンナー・コーヒー《アインシュペンナー》を注文した。

「私たち、もう三度もお会いしましたが、やはりウィーンは狭いですな」

「そうですね。それで、もうだいぶ慣れましたの？」

「いくらか。ただドイツ語にはぜんぜん」といって彼は笑った、「ほとんど英語を使っています」。その晴れやかな笑いにはいささかの底意も邪気もなかった。視線は注意深く私の目にむけられているが、負担に感じるどころか、むしろそのらいらくさがほっとさせる視線であった。

彼はひとり暮らしをしていて、よく自炊もするという。オーストリアのレストランは総じて塩分が強いし、肉料理が多いので、毎日はきついから。ときどき無性に新鮮な海の幸を食べたくなるときは、日本料理店に行く。ただ海の幸を使うイタリアンは好きなので、どこかいい店はないだろうか、と私にたずねた。私は、シュテファン大聖堂のすぐそばのFがいいのではと答えた。ちょっと高価だが、彼は高級取りらしいから、どうってことはないだろう。私は学生時代以降入ったことはないけれど。

コーヒーがテーブルにのせられた。

「ウィンナー・コーヒーはこうしてガラスの器に入ってくるのですか」

「そうです、ウィーンでは」

「ウィーンでは頼まなくても、水が出てくるのですか」

「そう。コーヒーカップとともに。グラスの上にスプーンを置いて」

「カフェにはよくお入りになりますか」

「まあ、二日に一度は」

「行きつけの店などありますか」

よくいろいろたずねる人だ。まるでお見合いのようではないか。しかし私はつとめて愛想よく答えた。

「そうですね。ツェントラールとか、家の近くならウィーンの森の中腹のコベンツルとか」

「ウィーンの森なら私の住まいも遠くありません」

「どこにお住まいですの？」

「シーヴェリンガー・シュトラーセです」

「ああ同じ十九区ですね。落ちついて、いい界隈でしょう」

「ええ、ちょっと避暑地のような雰囲気があって、気に入っています。あなたはどのあたりに？」

「デープリンガー・ハウプトシュトラーセ。ベートーヴェンが『英雄』を作曲した家のすぐそばですわ」

「その家なら知っています。ウィーンに来たばかりのころベートーヴェンの家をあちこちまわりましたので」

「ベートーヴェンがお好きですの？」

「そう。それにモーツァルトもね」と彼はいって、うれしそうに続けた、「海外勤務を打診されたときウィーンを志願したのも、彼らが住んだ町だからです」

ウィーンの音楽家をめぐる会話に彼は熱をこめた。気がつくと、もう一時間が過ぎていた。ちょっと沈黙があった。私は時計を見た。

「あ、ごめんなさい。そろそろおいとましなければ」と私はいった、「このあとお買い物もありますし」

「あっ、そうですね。お話しできて楽しかったです」

「私も」

「あの」と彼はやや遠慮気味に、小声でいった、「もしさしつかえなければ、今度は偶然ではなく、お会いできないでしょうか」

私はちょっと驚いた。このまま続けると、どういうことになるだろうか。私はいまのところ、というか、もう特定の男性とおつきあいする気はないのだけれど。ただ、どうだろう、いまはこの考えを多少変えてもいいかもしれない。この方は人がよさそうで、好感がもてそうだし。男女同伴が当然とみなされる店など昨今ほとんど行っていないのが現実だから、まあ、たまにならエスコートの男性がいるのも悪くないか。

「いいでしょう。ときどきでしたら」

「ありがとうございます。私はここには会社関係の人以外、知り合いがおりませんので」

私たちは名刺を交換した。

男性の名刺には「檜山秀樹」と書いてあった。大手商社に勤務していて、日本の住所は東京西郊だった。年齢をたずねると、五十一だという。私より五つ年上で独身だった。婚期を逸して、いまにいたってしまったそうだ。彼は私の名刺に「篠沢史子」と書かれてあるのを見て、「翻訳を出していませんか」とたずね、私が訳した本の名を挙げた。「そうです」と答えると、感激したような顔になって、「あの本なら東京の家にもっています」といった。私は彼の率直で正直そうな、どこか品のある雰囲気が気に入った。なによりも、地位や学歴を自慢するような俗っぽいところがないことが私を安心させた。そうでなければ、私は交際の申し出をただちに断ったことだろう。そう、しばらく話し相手でいるのは悪くないかもしれない。それに三年もすれば彼は帰国するだろうし……。

その後、私たちは月に一度くらい会った。秀樹さんは思ったよりも人文系の本をたくさん読んでいた。私が「ずいぶん多様な読書をなさっているのですね」というと、「いやあ、雑学ばかりで」と謙遜した。ビジネス界での経験が豊富なだけに、対人の要点を心得ていて、私にたいしてもけっして強要するような姿勢は見せたことがない。大人らしい節度と慇懃《いんぎん》の人だ。心のバランスにやや欠けがちな私には、彼のような人が知り合いにいてくれることが頼もしく思えたのも事実だった。

ほかの日本人の知人から耳に入ったのだが、秀樹さんの会社は給与に加えてかなりの額の海外勤務手当を出していて、それはほかの企業とくらべても多額であって、毎月自由になる収入は私のそれをはるかに上まわっているようだった。じっさい交際が進むにつれて、彼は私をいろいろな店に招待した。Bホテルや I ホテルのメインダイニング、あるいは高級な日本料理店や三区にあるレストランS。私は彼の手前、新しいドレスを買った。しかし細やかな配慮のできる彼は、かぎられた生活費のなか多少無理をして恥ずかしくない身づくろいを心がける私の財政事情を察知して、ときおりブティックで服やアクセサリーを購入してくれた。そんなとき彼はけっして私のプライドを傷つけないように、細心の注意を払うのがつねであって、私は服そのものよりも、そんな彼の心遣いをうれしく思ったものだった。

彼と規則的に会うようになるなかで、ふたたび突き刺すような寂しさの感情は薄れていった。私は徐々につぎの機会を期待するようになった。

私は観察したこと考えたことをそのつど書きこむメモ帳をバッグに入れて持ち歩いているが、その頃のメモ帳にこう書いたことがある。

愛するということは容易なようで、それを実現するのはむずかしい。たしかにフランツにたいして私は好意以上の思慕をもっていたのは疑えないし、私の数年間は彼の周囲を惑星のように回転していたともいえるだろう。しかし、果たしてそれは愛だったのか。あれこれ考えてみるが、なぜかその言葉は適当ではないように思えてならない。

そもそも私はこれまで人を愛したことがあっただろうか。あの鳥居さんとの交際以来、私はそれをたびたび自問してきた。私はだれかを本気で愛したことがあっただろうか。私はそういうことができない。そんな断定など、とてもできない。たしかに私の情念がときに激しく男性にむけられたのは事実だ。それが私に美しい思い出を残すかぎり、私はそんな情念を楽しんできた。だが、それは愛といえるのだろうか。

思うに、愛とは自分と相手がひとつになることではないだろうか。その極致としての精神と肉体の恍惚《こうこつ》。愛はその人を焼きつくすほど、無にするほど、激しく燃える情念だろう。しかし私は、自分を犠牲にしてまで、無心になってだれかを愛したことがないと認めざるをえない。自分を失うことを恐れるからだ。私は自分を見つめるときに、自我という塊の途方もない大きさに慄然とする。それが現実だ。だいたい、昨今いとも安易に愛という言葉を使うことに私は抵抗がある。愛とは厳しいものだ。愛とは簡単に創れないものだ。そして、持続しがたいものだ。

先日の文学史の講義のなかで、老年のT教授がある詩人の愛の概念について説明した。教授はこの詩人から引用した。

「決然として、運命もなく、永遠に変わらない者のように、女は、変化する男のかたわらに、立つ。愛する女はつねに愛される男を凌駕《りょうが》する。生命は運命よりも大きいからである」。

教授の説明では、人間を外部から思いがけない力で動かしてゆく偶発的な運命と、純粋に内発的・持続的な力としての生命は対置され、前者は男の生き方、後者は女のそれと考えられる。愛とは強い生命力の集中・持続する発現であって、男性はその持続に応えられず、精神は散漫になり、能動的な「愛する者」から受動的な「愛される者」へと退落してゆく。しかし女性は、あの偉大な「愛の女」エロイーズのように、どこまでも「愛する者」として相手を愛し続け、その情熱の強靱さのあまり愛は男性を突き抜けてゆく。

この詩人は——と教授はいった——たとえば結婚というような慣習的な愛の形態、社会的な契約関係を相互的な所有関係ととらえ、それをこえた情熱のかぎりない発露としての「所有なき愛」を語る。詩人のいうように、愛がいつしか相互の所有関係になってしまい、最初の生きとした能動性を失ってしまう例は無数にある、と。

講義を聴きながら私は思った。たしかに女性は肉体的にも生命をやしなう存在だけれど、教授が、女は持続的な生命、男は偶発的な運命を生きるというふうに対比するのは、現代では通用しないのではないか。それはこの詩人の生きた時代の考え方なのではないか。女も家の外で仕事をすれば、かずかずの偶発的な出来事にふりまわされるのが現代だ……。

それとともに私はこうも思うのだった。私がフランツと交わしたものは愛といえるだろうか。その詩人にいわせれば、愛される喜びにひたっていた私はひたすら受動的だったのかもしれない。彼の指摘は私の弱点を突いたのかもしれない。

愛というのは、愛し、愛されるその交接の喜びなのだろう。愛されるとともに、それ以上に相手を受け入れて愛さなければならない。私はこの点で愛することが要求する強い心の持続、この詩人のいう強靭な「愛の仕事」に行きつくことができなかったのかもしれない。それがくりかえし自己愛の克服を必要とするからだった。

秀樹さんとの交際は続いた。彼はいろいろ気配りをしてくれて、それが私には心地よかった。最初に会ったときから一年後、空が重い雲におおわれ、いまにも雪になりそうな寒々しい空のもと、すでに早い夕闇が迫りつつあった時刻だった。私たちがオフィス街のような飾り気のない通りを歩いていたら、そこだけウィンドウの明るい店があった。それは、こんな地味な通りにあるのが場違いなミッソーニの専門店だった。めったにこの界隈には来ない私はこの店があることを知らなかった。ショーウィンドウには秋冬物の服やスカーフが陳列されていた。何気なく眺めてみると、この季節らしいスカーフが目に入った。イタリアに多い、多くの鳥の羽を組みあわせたような模様で、茶系に赤の混じった落ち葉の色がミッソーニにしては落ちついた色使いでありながら、エレガントな気品を放っている。私が眺めていると、彼は「入ってみましょうか」といって、店に入った。彼は私にいった。

「ウィンドウにあったスカーフをご覧になっていましたね」

「ええ、ちょっと」

「きれいな色ですな」

「そうですね。いかにもイタリアらしい色彩ですこと」

「なんというメーカーなのですか」

「ここはミッソーニの店ですから、あれもミッソーニでしょう」

「私はそんなブランド知りませんでした」

「女性ならだれも知っていますわ」

「そうですか」

ざっと店内を見渡して私が店を出ようとすると、秀樹さんは店員と話して、例のスカーフをウィンドウから出してもらった。彼は私を呼んだ。

「すみません、ちょっとご覧になりませんか、もっとよく」

「でも、いいんです。ウィンドウで見るだけで」

「まあ、そういわずに、どうぞ」

私は店員が手にしたスカーフを眺めた。

「きれいだわ。でも高いんですよ、ミッソーニは」

「ええ。でも、もしお気に召したら、プレゼントします」

「これまでいくつもいただきましたので、もういただけませんわ」

「いや、いいんです」

スカーフはとても素敵だった。いまの季節にぴったりだ。これをつけてカフェに入るのも悪くない。ただ、そんなにいただいてしまって、いいのだろうか。

「ほんとうに、私のためにもうこれ以上お金を使わないでほしいの」

「では、今回は特別に」といった彼の言葉には、やさしいけれども意志が感じられた。「ひと足早いクリスマス・プレゼントとして受けとっていただけませんか」

私はいった。

「わかりました。では、今日はありがたく頂戴することにします」

「よかった」といって、彼はスカーフを包装してもらった。

店を出たところで、私はいった。

「ありがとうございます。ほんとうにきれいなスカーフですこと。うれしいわ」

その言葉にいつわりはなかった。私はとてもうれしかったのだ。彼もうれしそうだった。

それはそうと、彼と一緒にいるときは、私は一度も感情的になったことがなかった。彼は私以上に大人だったし、成熟した人間のつねとして包容力があった。そのうえじつにマナーを心得た紳士だったばかりか、適度にユーモアのセンスもそなえていた。ビジネスの場でも社交の場でも、西洋の教養ある紳士たちと充分に伍《ご》してゆけるだろう。

彼を見ていると、私は学生時代のことを思いださざるを得なかった。あの鳥居さんのことを。

私たちはふたりともたばこを吸い、その煙で涙を浮かべながら、笑いあった。性の交わりこそなかったが、私たちは生きる喜びをかみしめていた。たしかに私たちには成熟がたらなかった。若くて、感情の浮沈に左右され、不安と喜びの波間にただよい、傷つけあった。それでも私たちは心臓がどきどきするような直接的な喜びをかみしめていた。あの青春を過ごしたことに私は後悔をもたないだろう。

そのような感情を、しかし、私は秀樹さんにいだいたことがなかった。彼はどこまでも紳士的で、冷静なのだった。対応は穏やかだが、現実にたいしていつも一定の距離をとって生きていて、そこにはどこか人にこえさせないバリアがあるようで、その姿勢はときにクールにさえ見えた。だから彼は失敗して傷つくことはない。女性にたいしてもそうなのではないか。

でも、たとえ肉体を介在させずとも、男と女がふれあい、交わるときは、心が燃えていなければならないはずだ。愛は人を高めるものだからだ。そして、人がだれかを愛するとき、本気で愛するときは、同時に愛されている必要がないだろうか。私には「愛されること」を否定的にとらえた教授の見方は観念的すぎると思われた。愛される喜びなしに、相手を愛することなどできるだろうか。

そのとき秀樹さんとの交際はもう一年になっていたが、彼が私の心を燃えあがらせたことは一度もなかった。彼は、そんな事態になれば、私が恐れ、逃げるとでも思っていたのだろうか。ほんとうは、女はつねに男が自分を高みに連れて行ってくれることを願っているのに。たしかに私にそそがれる視線がときに独特の熱（熱情というほどのものではないが）をおびることを私は意識していたが、その感情をみずから恥じるように、それはじきに消えてしまうのだった。

ああ、あのとき私はそう考えていた。いま思えば、私は秀樹さんをまだ知らなかったのだ。彼が私に示してくれるいろいろな配慮について、私はどこまで彼の思いを理解していただろう。それが彼の心のどんな深層から出たものか、私は知らずにいたのだった。

それにしても、あのとき私に愛を語る資格などあっただろうか。自分の過去を思えば、私は相手から激しく愛されれば愛されるほど、重荷を感じ、相手を避けてしまう気質をもってきたではないか。鳥居さんのときも、それどころかあのやさしいフランツのときでさえ。いちばん大事なところで、相手の願いに応えられず、愛し返すことができないのだ。どうしても相手の胸に飛びこめないのだ。それこそが私の寂しさ、冬にむかうたびに私のなかに突きあげてくる、どうにもならない暗く寂寞とした思いを招いたのではなかったろうか。

そして、それにもかかわらず、私はひそかに秀樹さんにもっと激しいものを求めていたのだ。自身の矛盾に気づかないままに。

第五章　西洋人の孤独

秀樹さんからスカーフをいただいてから年があけ、三月中旬になった。私は仕事でツューリヒにおもむいた。途中、この町からさほど遠くない南ドイツのコンスタンツに立ち寄ったが、それはしばらくぶりに旧友のドイツ人女性・ケーテ・マークラーに会うためだった。ここで彼女の姿を思い浮かべるのは、この女性が私の知人のなかでとりわけ端的に孤独にむきあう西洋人の生き方を表しているように思えるからだ。

ケーテとはもう二十五年をこえるつきあいで、私の少数の友人のひとりだ。いまコンスタンツ郊外のアパートに娘とふたりで住んでいる。知りあったきっかけは私の学生時代に語学留学でコンスタンツ大学に通ったとき、彼女の家にホームステイをしたことだった。彼女の父親ヴェルナーは薬局を経営し、その広いマンションの一室を私は借りたのだった。夫妻は仲がよく、スクールの休日で退屈している私をドライブに誘ってくれたり、ボーデン湖に所有するヨットに乗せてくれたりした。その後、文通が続き、私がウィーンに来てからもたまに訪ねた。しかし思いがけず奥様が亡くなった。心筋梗塞とのことだった。この不幸に見舞われたヴェルナーは寂しさを紛らわすために酒におぼれ、愛人をつくった。そのしわよせが同じく悲しみのうちにいたケーテに来た。あれほどケーテを愛していたヴェルナーがいまや家庭を顧みなくなった。毎晩のように泊まるのは愛人宅であった。いちばん配慮が必要な思春期なのに、ケーテはいつも、ひとり寂しく眠らなくてはならなかった。妻を亡くしたヴェルナーの悲しみは充分わかるけれど、それでも、寂しい娘をもっと抱きしめてやれなかったのだろうか。そう私はいまも思う。

やがて彼女は夜遊びをするようになる。生活は乱れ、ギムナジウムも退学し、イタリア人とのあいだに娘を設けたが、その男は一年後、彼女を捨てて、別の町へ行ってしまった。ケーテはごく若いシングルマザーとして、娘マリーを育てなければならなくなった。

悪い時には悪いことが重なるものだ。ヴェルナーが薬事法に抵触する行為をしたことから、多額の罰金を科され、けっきょく薬局を手放さねばならなくなった。それまで道で会うとていねいにあいさつをした隣人は、いまや手のひらを返したように、会っても挨拶するどころか顔をそむけるようになった。それまで町の上位所得者として羨まれていたヴェルナーは、その分いっそう冷たくあしらわれたのだろう。ケーテも、容赦なく、他人の不幸を面白がる人々の噂話と意地悪な視線の対象になった。家には毎日何十通もの匿名による嫌がらせや中傷の手紙が舞いこんだ。このころ一度私は彼らを訪ねたことがある。ヴェルナーと一緒に散歩していた私は町の人のひどく冷ややかな視線に気づいたものだった。

みずからまいた種とはいえ、これはヴェルナーにとってつらいことだった。愛人は貧しくなった彼をたちまち見棄て、彼は狭いアパートの部屋で一日中ぼんやりして過ごした。もともと剛健な体をもっていたにもかかわらず、彼は数年後に脳梗塞で亡くなった。葬儀には近親の三人以外だれも来なかったそうだ。

ヴェルナーが亡くなったという簡単な知らせを受けて、私は再度この町をおとずれ、ケーテとともに墓地に行き、ヴェルナーの墓に花を供えた。ケーテは私が高価な花束を買ったことに涙を流すほどに感謝した。私は「なにかほんとうに困ったときには、また連絡してね。かけつけるから」といって彼女と別れた。だが、彼女の人生はその後も平坦《へいたん》ではなかった。彼女はそれでも私の助力をあおごうとはしなかった。そして、以下のことは、今回彼女をたずねたときに聞かされたことである。

父が亡くなったとき、彼女はとうにかつての遊び仲間と絶縁していたが、狭い地区であり、だれもが彼女のことを知っている。相変わらず、彼女が来るのを見た隣人は別の道へ曲がり、あるいは知らんふりをして通り過ぎてゆく。じつに親身になってくれる隣人が皆無であるなかで、彼女の心が徐々に病にむしばまれていったことは自然ななりゆきだった。それでも娘を育てなければならない。彼女は勤め先をたびたび変えねばならなかった。「理由もなく、明日から来なくていい、と何度いわれたか」とケーテは振り返って、いった。

追いつめられた心労は極限に達し、ついに、彼女はある夜娘をつれてボーデン湖に入水しようとした。湖岸から冷たい水のなかを二十メートルばかり歩いた。もうすぐこの世の苦しみから楽になれる、こんな運命にもてあそばれることから自由になれる、死への敷居をこえるのは楽だ、そのむこうにあるのはなんという自由だろうか、そう彼女は水のなかで思ったという。

周囲は真っ暗だった。はるかかなたに小さく対岸の家々の灯火が見えた。はだしの足に砂利の固さを感じながら、ゆっくりと歩いていった。もう胸まで水につかった。しかし彼女は娘をまだ水につけていなかった。なかなかそれができなかったからだった。だが、ふいに激しい衝動に襲われて、思いきって水のなかに沈もうと、もう一歩踏みだした。

そのとき、いきなり強い灯りに照らされたのだった。だれかがボートでやってくる気配がした。それでも彼女は水に沈もうとした。娘の顔が水に入ったとき、娘は大声で泣きはじめた。ケーテは思わずひるみ、立ちすくんだ。そのとき彼女は水に飛びこんだ男に腕をつかまれ、ボートに引きあげられた。ただちにふたりは病院に運ばれた。

その後、娘と引き離されて、ケーテはコンスタンツの精神科病棟に入らなければならなかった。病院の部屋ではまったく孤独に過ごした。たまにギャーッという叫び声が静寂を破る以外、深い深い沈黙、朝から晩まで沈黙と孤独が続いた。大声で叫んでも、壁をたたいてもだれも来なかった。どうしてこんなところまで落ちてしまったのだろうと思って夜ごと泣いたという。が、それほどの孤独と寂しさにも彼女は耐えに耐えた。そうする以外になにができただろう。希望もなく、毎日を呆然として影のように過ごしていた。ほかの患者たちと共同作業や運動をすることは孤独感をいっそう深めたにすぎなかった。やっと二年後、症状がやや回復し、状態が安定したとき、娘との再会が許可された。ふたりは涙のうちに抱きあった。翌年やっと退院したが、そのあともずっと心療内科に通院している。

今回おとずれたとき、ふたりは街中からかなり離れたアパートに移転していた。ケーテにとって、いま唯一の喜びはマリーの存在だ。私はマリーとも会った。ドイツ人とイタリア人の混血の彼女は地中海系の黒い髪と暗褐色の目をして、目は丸く、愛らしかった。いまはギムナジウムに通っている。六、七年まえから働くこともできるようになったケーテは、週四回、老人の介護施設で助手のような仕事をしているとのことだった。

私は以上のことをときたま手紙で知らされていたが、くわしく話されたのは今回が初めてだった。抗うつ剤を飲んでいるために、ケーテには食欲はあまりなかった。しかし、彼女は遠くから訪ねてくれた友人を町でいちばんいいギリシア料理のレストランに招待してくれた。彼女の財布はけっして重くはないはずなのに、せいいっぱい私をもてなしてくれたのだった。ほとんど友人のいない自分にとって私の来訪がそれほどにうれしかったから、と彼女は告白した。すべてのことを涙も流さず淡々と話すこの女性が内心どんなに苦しい経験をしてきたのかと思うと、私は胸がしめつけられ、彼女の手をずっとにぎっていた。ああ、かわいそうなケーテ。その顔には年齢にふさわしくない深いしわがきざまれていた。二十年以上にわたって厳しい時間の重圧とおよそ極限までの孤独に押しつぶされ、不幸にじっと耐えてきたその生涯を思うと、私は言葉が出なかった。別れぎわに、ケーテは隣にいた娘の頭に手をおいて、いった。「運命というものはこうした涙の時を強いるのかもしれないね」。そして、つぶやくように続けた、「でも、よかった、生きていて……この子を殺さなくて、よかった」

それから駅で私はケーテと頰にキスをしあい、別れた。私が慰められたのは、そのときケーテが「マリーはね、教師になる道をめざしているの。いまのところ、確実に大学に行ける成績をおさめているし」とうれしそうにいった一言だった。親ゆずりの愛らしさと理性をあわせもつマリーはいつかきっとケーテを喜ばすことだろう。

私は信じる。かならずこの女性にも幸いがあたえられるだろう。悲哀に沈んだ人は、その分だけいっそうしあわせにならねばならないからである。

ケーテと別れたあと、一時間たらずでツューリヒに着いた。翻訳の関係でどうしても会わなければいけない人がいた。私は大学図書館でその人と会い、いろいろ質問したり、打ちあわせをしたりしたあと、ひとり街を歩いた。町の中心を流れるリマト川はスイスに多い澄んだ緑色をした川で、とても水量が多く、いかにも冷たそうな水のなかを白鳥が泳いでいる。私は川沿いに散策し、ビュルクリ広場まで行って、眼前に広がるツューリヒ湖を眺めた。やっとおとずれた陽ざしを受けて、湖畔には大勢の人が散策していた。かなたにはアルプスの真っ白な雪山リギが望まれた。

湖畔から戻った私はリマト川岸に立つホテルSのカフェテラスに席をとった。このホテルは高価すぎて、私が泊まるのはここではないけれど、カフェテラスのいかにもこの町らしい国際的な華やかな雰囲気を観察したかったのだ。春の到来を感じさせるこの日は陽光が心地よく、外のテラスはほとんど満席だったが、なんとかひとつ空いたテーブルが見つかった。対岸には窓が小さいロマネスク様式の重厚な大聖堂がそびえている。カフェテラスには大勢の客がいる。ただ、春とはいえ、みなまだ厚いコートを身にまとっている。隣には、ミンクらしい豪華な茶色の毛皮のコートを着て、暖かそうな毛皮のロシア帽をかぶった中年の婦人が犬を連れて座っている。おなじテーブルについているのはいくらか年上らしい男性で、濃茶色のフェルトのソフトをかぶり、厚い外套《がいとう》に身をつつんでいる。聞こえてきた言葉はドイツ語ではなく、スラブ系の言葉だった。テーブルには紅茶とケーキがあった。別のテーブルのダウンジャケットを着た若い男女は楽しそうに笑いあいながらフランス語で話していた。その女性の長い金髪が楽しそうに頭を振るたびにゆれていた。彼らの青い目は幸福そのものといった生の躍動を示していた。私はコーヒーとチョコレートケーキを注文した。この日もつけていた、秀樹さんからいただいたスカーフがあたたかかった。大聖堂や古い市庁舎を眺めながら、私は買ったばかりの新聞を手にした。

しかし読みはじめても、なかなか集中できない。それは周囲の人たちの会話のせいではない。朝別れたケーテのことが頭から離れなかったのだ。ケーテはこれから無事に生きてゆけるだろうか。そんな思いで胸がいっぱいになり、私のなかでこの女性はだれよりも身近な存在になっていた。

カフェをあとにした私の足はクンストハウスにむいた。スイスでも有数のすぐれた美術館だ。そこでジャコメッティの彫像を見たかった。彼の作品はパリとならんでツューリヒのこの美術館にも多く収蔵されている。いまから二十年もまえだろうか、やはりここでこの彫刻家の像を見た。あのときの戦慄の衝撃はいまも鮮明に残っている。私は彫刻というものを、ミロのヴィーナスのような理想美の造型か、一方ロダンやブールデルのように、彫刻のフォルムという枠を破壊せんばかりの人間の生命の躍動をフォルムの強い凝縮性のうちに造形したものと考えていた。しかしこのジャコメッティは強烈な凝縮性こそあるが、生命力はどうなのか。そもそも、なぜこれほど細い、針金のように細い身体なのか。しかし、私はその異様な細さそのものに衝撃を受け、ひきつけられたのだった。この日も私は同じ経験をした。彼の彫刻は年が経つうちにいっそう小さくなっていったという。だが、第二次大戦後になると、逆に大きくなっていった。ホールにはあちこちにそんな等身大の彫像がある。しかし、ごつごつとした凹凸の表面をもち、通常の人体よりもはるかに細いことは以前と変わらない。

ほとんど来館者のいないホールを私はゆっくりと歩いていった。ふと、ある作品が視野に入った。以前来たときにはざっと眺めて通り過ぎたのだろう、とくに印象に残っていない作品だった。それが今回私の注意を強くひいて、私はそのまえに立ったまま動けなくなったのだった。

それは、「三人の歩く男」という題がついていて、四十センチほどの三人が台座に乗った作品だった。三人はみな別の方向へ歩いてゆく。彼らがどこから来て、どこへ行くのか、いっさいわからない。彼らもきわめて細い。いっさいの余分なものを、表情も、国も、職業も、名前さえもそぎ落とされた裸の人間、われわれにあらゆる保護を用意するエスタブリッシュメントをいっさい喪失した、その意味で無限に自由な人間存在。彼らは自由という名の無へと追放された者たちだ。ただ死にさらされ、大戦直後に特有のいい知れぬ不安のうちに、彼らは到達すべき目的地もなく歩いているようだ。そのうえ、彼らのあいだに意思疎通は、ない。世界のなか、宇宙のなかで、彼らはなんと孤独なのだろう。

美術館の説明書にはほかに、一年後の一九四九年に制作され、「広場を横切る男」と題された作品もあった。これは写真しか見られなかったが、先の作品とほとんど同じ姿の三人が同位置に置かれ、こちらでも三人はみな別の方向へ歩いてゆく。見ていると、彼らにそもそも広場など存在しないようだ。ほんらい人が集まり会話を交わすべき広場は。彼らは語りあいたい欲望に駆られて広場に来る。作者はそうした対話に渇く現代人の欲望から「広場」の題をつけたのかもしれないが、そこに集まる人たちはたがいにすれ違うだけだ。それとも彼らのあいだでは『ゴドーを待ちながら』のようなはてしない孤独なモノローグが交わされるのだろうか。

彼らからはいかなる感情も情熱も感じられない。そうしたものを手がかりにこの彫刻家の思想を解読することは困難だ。しかし、彼ら像たちは存在する。厳然と。この空間のなかに。広大な宇宙のなかに。それは紛れもない事実だ。硬質なブロンズのカプセルに入った個として。こうして、彼らはどこか未知の時空へと歩き続ける。この真空のような虚無的な世界のなかで、運命の打撃に耐えて生きながら。私はこの深い沈黙のうちに孤立し歩き続ける彫像から、西洋人のうちに横たわる言語を絶する孤独、それにもかかわらずどこまでも生きようとする強靭な意志を感じて、ほとんど恐怖を感じざるをえなかった。

そんな考えにふけりながら像たちを眺めていたとき、私は以前フライブルクの小公園で見たブランコにつけられたプレートを思いだした。そこには「自分の責任で《アウフ・アイゲネ・シュルト》」と記されていた。子供がその遊具でけがをしても当局には責任はないというメッセージだ。またウィーンではある小川にかかる古い鉄製の橋に「自分の危険で《アウフ・アイゲネ・ゲファール》」というプレートがついていたのも思いだす。ここを渡るとき橋が壊れるかもしれないが、その危険は覚悟のうえ自己責任で渡ること、という意味だろう。

そんなプレートが日本にあるだろうか。この国で事故が起これはすぐにマスコミは自治体の管理責任を問う。自治体の担当者はその批判を恐れて、わずかでも危険がありそうな遊具はみな公園から撤去してしまう。しかし西洋では（むろんここでも安全への配慮はあるのは当然だが）、まずそれを使う当事者の自由と責任が重視される。その自覚をブランコで遊ぶ年齢からもう育ててゆく。そうやって自律的な個人が幼いときから鍛えられてゆく。家庭も学校も、いや社会全体が、そういう個人の自由と責任を前提としてがっしりと構築されてゆく。かつて冬美さんもいったように、西洋社会は甘えのない（あるいは、それがすくない）強い意志をもった個人の集合体だ。この固いカプセルのごとき個人が激しくぶつかり、闘論し、交渉しあう。そしてこの、死にいたるまで孤独なカプセルどうしが引きつけあい、愛しあうのだ。簡単に孤独と愛などといっても、日本人との意味の差異はなんと大きいことか。

帰りの列車のなかで私があらためて思ったのは、孤独という言葉が多義的であることだ。ジャコメッティの人物に強烈に表現されるものは、たんなる寂寥《せきりょう》の感情ではない。彼ら西洋人がすべての行為の前提とする強靭な個的存在のありかたとしての孤独。エゴイズムとはまったく異なる、ただ「存在すること」の基盤としての個人主義の孤独。古代の預言者や砂漠の修道者のように、神という絶対者にただ独りむきあい、その呼びかけに応答する人間の孤独。これほど厳しい孤独が前提とされる場に私たち日本人は耐えられるだろうか。ケーテが生きているのも本質的にはこうした孤独だろう。私はこのような現実を、この旅のなかで、あらためて突きつけられていた。

ツューリヒから帰った私は列車の長旅で疲れていた。それで近くのカフェで簡単な夕食をすませ、部屋に戻るとすぐに眠ってしまった。翌日は朝から授業があって、あたふたしているうちに夕方になった。ふと秀樹さんに会いたくなった私は電話をかけた。不在だった。今日は月曜日なので、ふだんは六時には家に戻っているはずだが、まだ会社から帰らないのだろうか。軽い失望。やむをえず私は帰宅途中で買ってきた野菜や卵などを使って夕食をつくった。冷蔵庫には栓をあけた白ワイン、オーストリアでいちばん飲まれるグリューナー・フェルトリーナーが半分残っていたが、まだ香りは抜けていないようだった。私はゆっくりとそれを飲んだ。

夜九時過ぎに私の留守電を聞いた秀樹さんから電話があった。しかし今日はもう会えない。翌日から彼はベルギーへ出張ということで、来週会う約束をしてベッドに入った。旅の疲れとワインのせいで、いやそれ以上に、おそらく秀樹さんから電話があったことで、すこしほっとして、たちまち眠りに落ちた。

その翌日、穏やかな天気になったので、私は都心に出かけた。そのとき遭遇した出来事は、私がジャコメッティについて考えていたこととむすびついて、私にさらなる省察を強いた。

その日私はウィーンの繁華街を歩いていた。その通りの文具店でウィーンらしい古風な便箋と封筒を買おうと思ったのだった。そこはグラーベンやケルントナー通りとならぶ華やかな通りである。気に入ったものが見つかって満足しながら、そのまま散策を続けた。途中に有名なカフェ・コンディトライがある。三月にしては暖かい日だった。さっそくカフェの外にテーブルが出され、人々は暖かい陽ざしを楽しみながら高級なスイーツを食べていた。そうだ、なにか甘いものを食べてもいいなあと思って店のほうを眺めていると、ふと瀟洒な身なりの客たちに交じって一点その調和を乱すような姿が目に入った。

それはひとりの物乞いだった。相当の高齢と思われる無帽の男で、ぼさぼさの白髪のまま、よれよれの黒いジャケットを身にまとい、やはり古い黒ズボンをはいていた。ジャケットの袖は破れ、ズボンも膝のあたりに穴があいているように見えた。彼は小さな粗末なカゴを手にして、笑いさざめく客のあいだを歩きはじめた。つねに人々からさげすまれて生きてきた人間特有の、気弱そうなおどおどした目でうつむきかげんに、おそらく物乞いの言葉を発しながら、のろのろと進んだ。彼がまえに立った客たちは明らかに迷惑そうな顔を見せた。関わりたくないので、さっと十シリング（であろうか）硬貨を渡す客もいた。

そのときだった。店からひとりの大柄な女の店員が出てきた。歳は四十前後だろうか、金髪だった。彼女は男にたいしてなにかを命じた。厳しく、容赦のない、高飛車な言い方だった。さらに、右手で犬を追い払うような「シッ、シッ」という仕草を何度もした。男はその剣幕に気おされて後ずさりし、とうとう路上に追いやられ、衆人環視のなか、とぼとぼと帰っていった。野良犬を追い払った女店員は平然とした顔でまた店に入っていった。客たちもさぞ安堵したことだろう。

人は他者の悲惨にたいして目をそむけるものだ。それは人間の本能であろう。それにしても、私はじつに複雑な気持ちになった。いくら王侯貴族御用達のコンディトライとはいえ、あそこまで高飛車に貧しい人を追い払うとは。あれは人間にたいする態度なのか。この女は不幸な人にたいする一片の憐れみもないのだ。その目つきは凍るように冷ややかだった。日本のカフェではこんな対応をするだろうか。この男にどんな過去があるのかは知らないが、私は社会の底辺まで落ちたこの孤独者、富者の門前に空しく立ちつくしたあの極貧のラザロのようなこの男に奇妙な同情をおぼえた。財力や社会的地位をかさに着て弱者を平然と痛めつける人間を私は嫌う。私は、もう二度とこの店には入るまいと決心した。

徹底した個人主義の帰結。それは底のない孤独である。しかし、生きるために人はそれに耐えなければならない。その個人主義を鍛えるのは、がっしりとした秩序である。西欧社会は私たち日本人には息がつまるほどに秩序正しく合理的に管理され、そこに敷かれた軌道の上を人は整然と歩き続ける。それにたいする人間性の名による反抗も、例外的な革命をのぞき、基本的には秩序の範囲内でなされる。そして、ケーテにせよ、あの物乞いにせよ、その軌道から完全にすべり落ちた者を待ち受けるのは、秩序攪乱《かくらん》への制裁としての容赦なき拒絶と悲惨なのである。

私の知る孤独者のうちでも孤高で貴族的な姿によっていまも感慨深く思いだすのは、秀樹さんと初めて話した翌年の春に出会ったひとりの音楽家だ。

もうヴェルトハイムシュタイン公園の木々がいっせいに葉を出しはじめていた。私の好きなブナの巨木もやわらかな緑の葉をつけて、すこやかな生命を感じさせていた。このブナは、ハイリゲンシュタット公園にあるそれとともに、直径が一メートルをこえ、おそらくかつてこの一帯が農村の森であったころの名残なのだろう。

やっと暗く凍てついた冬から解放されるこの季節をだれもが待ち望み、ウィーンの森をめざすバスはどれも満員だった。私はひとり午後、散歩に出た。いつも歩くブナ林にもハイカーの明るい声が響き、やっと草が生えそめた草地にも何人もの人が座ったり寝そべったりしていた。なかには上半身裸の人もいた。この四か月、彼らがどれほど日光を待ちわびていたかわかるというものだ。猟犬のような大きい真っ黒の犬も二匹うれしそうに走りまわっていた。

まだ正午になっていないのに、カーレンベルクのレストランは人でにぎわっていた。展望台から見下ろしたウィーンの町は、今日も明るい光のなかに、うすもやにつつまれて静かに横たわり、シュテファン大聖堂の尖塔が小さく望まれた。左端にはドナウが銀色に輝きながらゆったりと流れ、かなた、ドナウの左岸にドナウタワーと国連ビルが見えるし、よく目をこらすと、その右側に小さくプラーターの大観覧車も望まれる。あちこちで子供たちの嬉々とした叫び声があがり、どこからかヴァイオリンが聞こえてきた。おそらくこの山頂まで足をのばした大道芸人の演奏であろう。

ヴァイオリンを弾いていたのは、黒いフロックを着て黒いソフトをかぶった男だった。歳は六十前後だろうか。そのフロックはだいぶくたびれていたが、彼はそれにきちんとアイロンをかけているようであった。たくさんの人がワインを飲んでいるなかを、この小柄な男はゆっくりと歩き、客に所望されるとその曲を弾いた。その帽子からはみだした髪はもう白く、よく見ると品のよい顔には何本ものしわがきざまれていて、これまで相当の苦労をしてきたように感じられる。ただ、そこにときおり浮かぶ繊細なほほえみはどこかふしぎな親近の情をいだかせるものであった。

新しい曲がはじまった。ツーリストがよろこぶスタンダード曲を予想していたら、あてはずれ、クライスラーの「愛の喜び」と「愛の悲しみ」だった。その弾き方は驚くほど繊細で、艶やかで、優雅だった。彼のような大道芸人からは想像できないほどの芸術的な演奏に、それまでにぎやかにワイングラスを傾けていた人々も驚いたようだった。あたりは急に静かになり、まるでコンサートホールのように芸術を享受する雰囲気が支配した。二曲が美しく弾かれたとき、みな拍手を惜しまなかった。芸人は帽子をとって、非の打ち所のない優美な仕草をして礼を述べ、もう二曲弾いた。ひとつはツーリストが好む「ウィーン、わが夢の町」だった。大道芸人がよくホイリゲなどで弾くこの耳なれた曲が、しかし、彼の手にかかると、並の大道芸のレヴェルをこえてきらきら輝く芸術品となった。

あちこちからあがった「ブラヴォー」の叫びに感謝するように、優美な笑みを浮かべて再度ヴァイオリンをとりあげた演奏家は、聴衆が静寂になるのを待って最後の曲を弾きはじめた。「タイスの瞑想曲」だった。この曲に個人的な思い出でもあるのだろうか、彼は目を閉じ、特別の思いをこめて弾いているようだった。その出だしの音のなんという透明さ、そして全体の憂いを秘めた美しさ。私は、いっさいの雑念を排して無心に表出された純度の高い音に聴き入った。ヴァイオリンの音がこれほど心に響くのは私にとって久しくなかったことだった。

すべての演奏がおわり、芸人が客のあいだを小さな箱をもってまわったとき、客は彼と握手し、お金を入れるのを惜しまなかった。ひととおり集めおわったとき、彼はふたたび典雅な微みを浮かべて深々と頭を下げ、その場を去っていった。そのあと私の心に残ったのは、いったいこの男はどんなキャリアを生きてきたのだろうという思いだった。きっと秘められた人生の転変があったに相違ない。身なりのつつましい彼は華やかなコンサートホールには無縁のようであった。近くの客のなかに、いつかこの芸人をグリンツィングのホイリゲで見たという者がいた。またタボール通りとアウガルテン通りが交わる辻で弾いているのを見たという客もいた。しかし彼はめったににぎやかな人前に現れないようだった。

それにしても、なんという演奏だったろう。「タイス」では、もはやヴァイオリンらしい美音や艶やかさをこえた、神秘的といいたくなるような深みからの響きが立ち昇っていた。この演奏家は物見遊山の人々の心にこうして一瞬ふしぎな断層の裂け目をつくり、人々を、日ごろ忘れられているかぎりなくなつかしい世界、はるかな、いわば魂の世界へ招き入れたのであった。こうした孤独な芸人、技量からいえば立派な芸術家を私はこの町で何人も見かけたものだ。

このヴァイオリンが奏されたとき、私は同じテラスでやわらかな陽ざしを楽しみながら、ワイングラスを傾けていた。ウィーン南部グンポルツキルヒェン産のツヴァイゲルト種。この赤ワインをリストに見つけて注文したが、やはりおいしいワインだった。ヴァイオリンのやわらかな音色に心地よく身をゆだねながら、私はゆっくりとワインを飲んだ。

ヴァイオリン。私は高校時代まで、また大学卒業後ウィーンに来てからも、ヴァイオリンを弾いていた。小学生のときはピアノもやったが、自分にはヴァイオリンのほうが合っている気がして、中学からはこればかり練習した。この楽器は私の感覚、いや体質にもっとも合っているのだろう。それが鳴りだすとたちまち心ばかりか体の髄までが反応するのだ。だから音楽に思いきり浸りたいと思ったときに、私はヴァイオリンのコンサートに行く。

あの日カーレンベルクで思いがけずヴァイオリンの音色にふれたときも、急にコンサートに行きたくなった。心を激しく天にまで高昇させてくれるこの楽器の音響世界に思うまま浸りたいという思いにかられながら、帰宅したあと催し物案内に目を通していると、ウィーンフィル奏者によるヴァイオリン・コンサートが目に入った。曲目はベートーヴェンのソナタ「クロイツェル」とバッハの無伴奏ヴァイオリン曲だった。いずれも私がこよなく愛する曲だ。まだチケットは買えるだろう。この奏者ならオペラ座でよく目にする、コンサートマスターのすぐ近くにいる人だ。翌日私はチケットを買った。

演奏の当日になった。楽友協会ブラームスザールはほぼ満席だった。ウィーンフィルの団員は市民から敬愛されていて、たとえ世界的には有名でない人のソロ・コンサートでも、市民は聴きにゆく。席はかなり後方だったが、ほぼ正面なので奏者の姿はよく見える。あたたかい拍手に迎えられて奏者が舞台に現れる。一礼して、さっそく演奏が開始される。

コンサート前半は「無伴奏ヴァイオリンのためのソナタとパルティータ」から数曲を選んだ演目だった。キャリアを長く積んできた奏者はまさに名匠の業というべきものを披露してくれた。

とくに「パルティータ第二番」の最後の曲「シャコンヌ」はこの日ほとんどの聴衆が期待したものだったろう。結果は期待以上の演奏だった。どちらかというと技巧的には地味なスタイルであるが、曲の読みがとても深かった。演奏者はテンポをかなりゆったりとっていて、それが私には、たんに現代に多い、楽譜に忠実な演奏というよりも、芸術によって聖なるものに奉仕せんとするバッハの敬虔な精神を追求しているように感じられた。ドイツのバロック音楽の演奏はかくあるべきと聴衆に感じさせるものだった。

休憩のあと演奏されたのが「クロイツェル」だった。第一楽章は、ややゆるやかな導入部のあと急速なテンポでヴァイオリンが第一主題を反復し、ピアノがすぐにそれを受けてくりかえし、たちまち聴衆を情熱の渦のなかに引き入れた。つぎの第二主題の穏やかさに人はほっと息つくものの、すぐにまたプレストになり曲は高揚する。ベートーヴェンらしい情熱的な展開部を経て、再現部にいたって私たちは曲の深みに完全にとらえられていた。

こうした情熱的な第一楽章にたいして第二楽章のアンダンテの安らかさはどうだろう。初めにピアノが主題を弾き、続いてヴァイオリンがそれをゆっくりと奏でる。その主題を抒情的にいくつも変奏させたパッセージのなんという美しさ。とりわけ、第二変奏でヴァイオリンが主題を繊細な最高音まで高めるとき、聴衆はもはや抵抗できずその優美に酔いしれる。天上世界を一瞬想起させるようなこの輝かしい高音をどう形容すべきだろう。ヴァイオリンの音の美しさを最高に発揮させたこの第二楽章は私にほかのいっさいのことを忘れさせた。

そのあと、ただちにテンポの速い第三楽章となって、ピアノとヴァイオリンのめくるめくような協奏のなかに二つの主題が華やかに絡みあい、息つく間もなく輝かしいフィナーレへとぐんぐん高まってゆく。ああ、芸術の魔力がここにある。危険なほど激しい情熱の流れがここに造形されている。自分を形づくる社会的な枠組みが一挙に崩され、むきだしの弱い自分が現れて、強力な情念のとりことなってゆくという情熱の怖さ。音楽はそういう深淵に人を引きこむ力だ。若い頃、何度私はその経験をしたことか。

この曲を聴きながら、またしても鳥居さんのことが思いだされた。彼がクラシック音楽のなかでもとくに好んだ曲のひとつがこの「クロイツェル」だった。たしか渋谷だったと思うが、これが演奏されたとき、彼と聴きに行ったことがある。有名なSというアメリカ人のヴァイオリニストだった。あの情景も私のうちから消えることがない。彼は第二楽章になると、目をつむりひたすら音楽の波間に浸っていた。思ったよりも小柄なこの巨匠の演奏はピアニシモからフォルティシモにいたるまで、音のひとつひとつが躍動し、ふるえ、艶やかに耀いていた。私たちの席が演奏者のすぐ近くだったこともあって、楽音は私たちの五感すべてに直接訴えるようであった。そう、身震いするほどの楽音だった。ヴァイオリンという楽器の魔性をこのときほど肌で感じたことはない。私は思わず鳥居さんの手をにぎりそうになった。じっさい、ぞっとするほどの感覚だった。ああ、生きているということはこういうことなのだ、これほどまでに、おののくほどに心が揺さぶられることなのだ、こんなにも名状しがたい魅惑に充ちたことなのだ。あのとき私は生きていた。鳥居さんも感動を隠さなかった。私たちの心は熱く、高揚していた。もしも閉めきった部屋で私たちがこの曲を聴いていたら、思わず抱擁しあったかもしれない。だが、そこはコンサートホールだった。私たちは抱擁こそしなかったが、そのあといつまでもカフェで話し、なかなか別れることができなかった。

ツューリヒから戻って一週間が過ぎたとき、出張から戻った秀樹さんと私は彼のオフィスに近いカフェLで会った。秀樹さんは五分ほど遅れて入ってきた。にこやかに手を振って近づく彼はグレンチェック柄のスーツを着ていた。私は濃茶色のワンピースに例のスカーフをつけていた。とくにケーテを思って毎日を過ごしていた私は、秀樹さんのほほえみにほっとして、救われるような思いがした。


「やあ、お帰りなさい。どうでしたか、スイスは」

「思ったほど寒くはありませんでした」

「ツューリヒに行ったのでしたよね」

「ええ、きれいな街ですね。何から何まで清潔でしたわ」

「川まで清潔で」

「ハハハ、ほんとう。リマト川の水がとても澄んでいて」

「ドナウと正反対だ。美しき青きドナウはいったいどこへ行ってしまったのか」

「酔っ払いにしかドナウは青く見えないようですわ」

「ハハハ、そうか。一度酔っぱらって、きれいな青きドナウを見たいものですな」

「ハハハ、ほんとうに」

「それで、今回ツューリヒには、なにかご用があったのでしょう」

「ええ。仕事上の打ち合わせです。それからジャコメッティを見てきましたの」

「ああ、あの細い彫刻」

「ええ、でもすごい迫力で圧倒されましたわ」

「大戦後の実存主義的な思想と関係がありますか」

「サルトルはこの彫刻家に関心をもっていて、文章も書いています」

「東京でいくつか見たけれど、よくわかりませんでした」

「現代芸術はますます解釈を拒むようになるか、逆にキッチュに徹するか、二極化するようですね」

それから、私たちはしばらくスイスの景色などについて話した。

第六章　秀樹さんとの旅

秀樹さんとの交際はこうしてあまり密度が深まることもなく、続いていった。近くに住んでいたが、たがいに家を訪ねることはなく、会うのはいつもカフェだった。おそらく私たちの関係はこのような微温的ともいえるかたちで一進一退をくりかえしたことだろう、あの珠玉の町ザルツブルクへの旅がなかったならば……。

初めて彼と会ってから二年半が経った七月の暑い日だった。よく冷えたワインを飲みたくなった私は彼を呼びだし、近くのホイリゲ、かつてその建物の一角にベートーヴェンが住んでいた古い造り酒屋の庭で会った。

「篠沢さんの住まいからここまでは歩いても十分くらいでしょう」

「そうです。市電もあるけれど、この辺は散歩コースですの」

「いいですな。こんなところに住まわれるなんて」

「たしかに環境はいいですわ」

「では、まず乾杯しましょうか」。そういって秀樹さんはグリューナー・フェルトリーナーのそそがれた厚いグラスを手にした。「では私たちの健康のために」

「乾杯」

よく冷えた白ワインは心地よく喉を潤してくれた。

「しばらくぶりだわ。ひと月お会いしていませんでした」

「そうですね。もう夏なのですね」

「季節のめぐりは速いものですね」

「ほんとうに。ところで、この夏のご予定は？」

「なにもありません。檜山さんは？」

「まだあまり考えていないんですが、ちょっと遠くへ行ってみたくて」

「どんな？」

「ミュンヘンにぜひ一度行きたいと思っていましてね」

「列車で行っても五時間くらいですわ」

「そうらしいですな」

「ミュンヘンはどんなところへ行きたいのですか」

「絵画が好きなので、まずはアルテ・ピナコテーク」

「いいですね。あの町はビールもおいしくて、楽しい町ですし」

「もしよろしければ、いかがでしょう、ご一緒しませんか？」

旅行に誘われるのは初めてだった。いきなりの提案に私は驚きながらも、ちょっと考えて、たまには遠出もいいかと考えた。

「そうですね。ミュンヘンは何度か行ったことがありますが、もう一度行ってもいいかもしれません」

「そう、ご一緒できますか」

「ええ」

「私の休暇は八月の初めから三週間あります。そのあいだにでもと考えているんですが」

「八月は私も予定がありませんの。よかったら途中のザルツブルクにも寄れないかしら」

「ああ、モーツァルトが生まれた町。ぜひ寄りたいですな」

「きれいな町ですよ。教会や広場がたくさんあって」

「篠沢さんに案内していただけますか」

「ええ、喜んで」

「楽しみです」

そんなわけで私たちは夏の旅行に出かけることになった。宿の手配は彼がリング通りの日系のツーリスト・オフィスに依頼して整えてくれたので、私はなにもする必要がなかった。

七月下旬には学校が休みに入り、私はいっそう翻訳に精を出した。七月のウィーンはけっこう暑く、戸外は陽ざしが強い。私の住まいは戦前のものだから、むろんエアコンなどない。ただ部屋のなかにいれば、汗もかかないし、窓をあければ、さわやかな風が流れこむ。私は炭酸入りのミネラルウォーターをたくさん買い入れて、喉が渇くと、そればかり飲む。午後のおやつの時間には近くのカフェで一時間ほど過ごし、そのあといくらか涼しくなるとハイリゲンシュタット公園を散歩して、また部屋に戻る。これが夏の日課になっている。しかしいくら私が毎日の習慣を好むとしても、ときにはそのリズムを崩して、新しい風を入れたくなるものだ。今度の旅はその機会になるだろうと私はいささか期待した。じっさい、その旅は私たちの関係をすくなからず変えることになったのだった。

八月二日の朝、私たちは西駅で待ち合わせして、十時半の特急でミュンヘンにむかった。列車はウィーンの町並みを過ぎるとすぐにウィーンの森に入る。両側に葉をいっぱいに茂らせた広葉樹の木々が並び、そのあいだに草地や牧草地が点在し、羊や牛がのんびりと草を食んでいる。しばらくぶりの列車の旅を私は単純に喜んでいた。私は駅で求めたコーヒーと自分で焼いたクグロフをバッグから出した。秀樹さんは、その出来栄えに感心しながら、いった。

「これ、手づくりなんですか」

「ええ、そうです。昨日焼きましたの」

「おいしそう」といって一切れ食べた。

「ちょっと甘さが濃くなってしまいましたが」

「そんなことないです、とてもいい味ですよ」

「そう、よかったわ」
「篠沢さんはよくケーキを焼かれるんですか」
「たまにしか焼きません、クリスマスのシュトレンとか、クグロフとか」
「いいですね、いつか私も習いたいですな」
「いつでもお教えしますわ」

こんな会話を交わしながら旅の時間は楽しく流れていった。途中すこし眠った。起きると列車はすでにザルツブルクを過ぎてドイツに入っていた。以前はこの途中に国境の検問があって、国境係官が乗りこんできたものだ。しかしオーストリアもEUに加盟したいま、検問はなく、列車はいつのまにか国境をこえていた。ふと見ると、右手に湖が見える。キーム湖だ。ここに来ると、どこか家の様子も異なるように思われた。オーストリアよりもいっそうよく手入れされ、よりカラフルだった。それからまもなく、列車はミュンヘン中央駅に滑りこんだ。

ホテルは駅のすぐ近く、リーズナブルなホテルがたくさんある界隈にあった。私たちの泊まるホテルは最近改装されて、室内設備もモダンになっていた。

私たちはまずホテルに荷物を置いてから町へ出た。ミュンヘンは三日の予定だった。絵画の好きな秀樹さんは、とくにデューラーを見たいといって、アルテ・ピナコテークに出かけた。私は地下鉄で英国庭園に行った。

光をいっぱいにあびた草地がどこまでも広がっているこの広大な庭園をゆっくりと散策するの

はなんと心地よかったことだろう。ボール遊びをしている子供たちもいれば、芝生で半裸になっている人たちもいる。草地をつらぬいて水量の多い川が流れ、そのかたわらの道を馬で走っている若い男女もいる。町の中心部にこれほど広い公園があることは驚きだ。空は抜けるように青い。私は一時間以上歩いたあと、カフェに入った。

夕食は、秀樹さんと市庁舎で待ち合わせて、近くのホーフブロイハウスでとった。この世界的に有名な、いかにもバイエルンらしい豪壮なビヤホールは独りで入るところではない。大きなビアジョッキを手にみなわいわい騒いでいるところで、ひとりっきりの日本人は寂しくてならないだろう。秀樹さんと一緒だと、初対面のドイツ人たちとも楽しくしゃべれたし、それどころか、彼らと肩を組んで「ムシデン」や「ローレライ」のドイツ民謡まで合唱した。ここでは、ウィーンのホイリゲのように小声で話すことはない。みな大きな声で、どなるように、しゃべっている。そうしないと、楽隊の演奏や話し声でじつににぎやかなこのホールでは相手の話が聞こえないからだ。これこそまさに豪放なバイエルン気質だ。これを見たらウィーンの老人たちはきっと顔をしかめるだろう。しかし私たちはこの開放的な雰囲気にのまれ、すっかり顔を赤くした秀樹さんも楽しそうだった。

三日目の午後、私たちは、ミュンヘンから一時間足らずで着くザルツブルクをたずねた。駅からタクシーで大司教館の近くのホテルに行って、チェックインをすませた。部屋の窓からすぐむこうの丘上にお城が見える。ホテルは長い歴史があり建物も古いが、清潔だった。ここでも私たちは別々の部屋をとった。

モーツァルトの生家のあるゲトライデガッセ、昔からの意匠を凝らした吊看板がたくさん軒から下がるこの狭い通りは、いつ来てもツーリストであふれている。この日もそうだった。私たちはまずその生家を訪ね、小一時間見てまわり、そのあとそれに面したカフェで昼食をとった。この町は小さな町だが、見るべきものはたくさんある。秀樹さんは地図を片手に散策に出かけ、私はカフェに残った。

ザルツブルク滞在が三日目になり、もう午後にはウィーンに戻らなければならない。最後にと思って私たちはメンヒスベルクの丘上のカフェ・レストランで昼食をとった。テラスから街が俯《ふ》瞰《かん》できた。たいして高い丘でもなく、ザルツァッハ川がすぐ下に見える。正面には大きな円蓋が載った大聖堂や大司教館、その右側の奥には丘上の古城、また右手手前にはザルツブルク音楽祭のメインホールである祝祭劇場が見えている。さすがに美しい町である。私が見たヨーロッパの中規模の都市のうちで、とくにこの町やブリュージュは、人間の構築的な意志によって、さまざまな建物がひとつの都市へと凝縮し結晶している点で、構造美の傑出した都市だと思われる。

この日も空はよく晴れ、さわやかな微風が肌に心地よい。このきらめく光のもと、テラスでいただく食事はおいしかった。やや塩分の濃いスープ、川魚のフライ、それにワイン。すっかり気分がよくなった私たちは、散策することにした。だが、そのあと思いがけないことが起こったのだった。

私たちは少々遠まわりをして、静かな石段の道を降りた。周りは閑寂としていた。その坂を下りきったとき、近くの教会がとても美しい姿を見せていた。私はカメラを出して、最良のアングルをさがした。

そのときだった。突然うしろからだれかに体当たりされ、手にしたバッグをひったくられそうになった。あまりに突然なことに気も動転した私だが、バッグを渡すまいとしてそれをもつ手に力を入れた。私はすごい力で突き飛ばされ、なにか縁石のような固いものに頭をぶつけて気を失いかけた。私は「キャーッ」と叫んだ。男は逃げた。

私は路上に倒れたまま動けなかった。ふしぎに痛みはない。ただ、目を開けると、抜けるような青い空を切れ切れの雲が流れているのが映った。頭がくらくらするにもかかわらず、この透明感のある白々とした雲は美しかった。これほどきれいな雲は都会の空では見られない。私は自分の意識がフーっと一瞬自分の身体を離れたかのように感じた。

しかし、私はたちまち現実に戻った。悲鳴を聞きつけて、いくらか離れたところにいた秀樹さんがすぐにかけつけたのだ。

「史子さん、どうしたんですか？　頭から血が出てますよ」

「だれかに突き倒されたの」

「で、ほかにけがは？」

「頭がすこし痛いだけ」

「ああ、一緒にいてあげられなかったのが悪かった」

「いえ、あなたのせいではないわ」

「ごめん」

バッグは奪われなかったので、警察を呼ぶまでもないだろうと私は判断した。ただ、頭を打ったのだ。やはり病院に行かなければならない。秀樹さんは電話をするために近くの店に走って行った。

すぐに戻ってきて、道端に座った秀樹さんは、そっと腿の上に私の頭を運び、私はだまって横になっていた。そうしていると、彼のあたたかい血流が伝わってきて、心地よく、それまでのショックは失せていった。秀樹さんは「大丈夫、安心して」というかのように、手で私の髪をなでてくれた。私は目を閉じていた。あたかも秀樹さんの体のあたたかさに全身がつつまれようと願うかのように。私はしばらくそうしていたかった。

が、まもなく救急車が来た。私は状況を説明し、すぐ病院に運ばれた。外国人の利用も多い大きな病院だ。すぐに治療を受けた結果、軽い打撲傷で、脳挫傷のようなものはなさそうだったが、念のためレントゲンも撮った。そのときには、私はもう普通に会話もできるようになっていた。

秀樹さんは頭に包帯を巻かれ、病室に運ばれた。

「どうですか？」

秀樹さんは心配そうにベッドの私を見た。

「災難でしたわ」

「どうなることかと思った」

「こんなこと、初めてなの」

「この町は治安がいいそうですが」

「そうなんですが」

「とにかく、大けがではなさそうで安心しました」

「ひっくり返ったとき、どうなるかと思ったけど、大事でなくてよかったわ」

「でも、二、三日入院したほうがいいようですよ」

「医者がそういったのね」

「ええ、安全のためにすぐに動かないほうがいいって」

「そうですか、するとこれからどうなるのでしょう」

「心配することはぜんぜんありませんよ」

「檜山さんとの旅がこんなになってしまって」

「いいんですよ、けがが軽くてすんだのだから、それがなにより」

そういって彼はほほえんだ。

しばらくすると医師とナースが来た。医師は私とドイツ語で話した。やはり打撲傷で、レントゲンでも異常は認められなかったという。脳震とうを起こしたようだから、すぐに退院して行動するのは心配だという。丸一日は様子を見たい。では何日くらい入院することになるかとたずねたら、明後日の退院だと答えた。そうか、そうなると、予定が狂ってしまう。ただ、幸いだったのは、私たちふたりとも休暇中だったことだ。

医師とナースに「フィーレン・ダンク」と礼を述べて別れたあと、私たちは入院のことを話しあった。

「じゃあ、まず列車をキャンセルしてきます」

「お願いします」

「きれいな病院だし、篠沢さんはゆっくりと治してください」

「そうですね。入院費は私の医療保険でなんとかなると思います」

「わかりました。その辺も確認してきます」

秀樹さんは部屋を出た。私は白い壁しかない部屋にひとり残された。

一時間ほどして、また秀樹さんが戻ってきた。彼の顔を見ただけで安堵した。すべて順調に運んだらしい。彼も安心したらしい。

「あとは安心して傷が治るのを待ちましょう」

こうして私たちはザルツブルクで奇妙な滞在をすることになったのだった。

夕方、また病院に来た秀樹さんは、キオスクで買ったドイツ語の新聞を手にしていた。もうひとつ、モーツァルトの顔の描かれたチョコレートももってきてくれた。

「いろいろありがとうございます。面白いところ、ありましたか」

「もう大体勝手がわかったので、適当に歩いていました。そしてレジデンツ・カフェにしばらくいました」

「そうですか。これから私はのんびりしていますから、檜山さんは好きなところを訪ねてください」

「そうします」

「街の散歩に飽きたら、一日、ザルツカンマーグートに行ってみたらどうかしら」

「モントゼーには行きましたが」

「もうすこし遠いバート・イシュルもきれいな避暑地ですよ」

「トラウン湖の南ですか」

「ええ、皇帝の避暑地でしたの」

「じゃあ、明日でも行ってみようかな」

「せっかくの機会だから、ゆっくりされたらいいですよ」

「そうですか。篠沢さんがそういうなら」

翌日、秀樹さんはバート・イシュルに行き、夜になって帰ってきた。

「どうでしたか、バート・イシュルは」

「やはりきれいな町でした。洒落た店がいっぱいあって、観光客も多くて」

「皇帝の別荘は見ましたか」

「ええ、白いきれいな建物ですね」といって、秀樹さんは申し訳なさそうな表情でいった、「史子さん、僕ばかり楽しんで、ごめんなさい」

「いいんですよ、私も明日退院できることですし」

「でも、長引かなくてよかったですね。で、何時ごろ？」

「十時には」

「午後の列車を予約してありますので、それまで食事をしたりして過ごしましょうか」

「ありがとうございます」

翌日、私たちはまたメンヒスベルクのカフェ・レストランで昼食をとった。眼前には一昨日と同じ風景が拡がっている。私はもう一度その景観が見られたことをよろこんだ。

「秀樹さん、私はこの町に特別の思い入れがあるんですよ」

「どんな？」

「まだガイドでやっと生活をしていたときのこと、すこし時間がとれたので、ちょうどこの席から町を見おろして休んでいました。そのとき何気なく空を見ると、飛行機が一機ゆっくりと飛んでいました。東の方へね。かなり上空なので、すごく小さくて、音もなくね。そのとき、ふと『ああ、あれに乗れば日本に帰れるのだ』という思いに襲われたのです。母の穏やかな顔が浮かびました。『ああ、お母さんの胸にすがりつきたい』という激しい願望に一瞬体がふるえました」

「そうだったのですか」と秀樹さんはいった。そして、じっと私の目をみつめて静かな口調でいった、「いろいろつらかったでしょうが、よく耐えてきましたね」

私にそそがれたのは、それまで私が彼に見たこともない、かすかな憂愁をふくんだ深い共感のまなざしだった。とても情のこもったまなざしだった。いつも外界にたいして身構えて生きている私は、そのまなざしに思わずジーンとなった。ああ、この人はほんとうにあたたかい人なのだ。母をおいて、こんな人に私はこれまで会ったことがなかった。この人になら、私はなんでも話していいのだ。聴罪司祭のように。かつてのフランツのように。身近にこんな人がいてくれることがどれだけありがたいことだろう。私はそう思って、ごく自然に秀樹さんの手をとり、いった。

「ありがとう。これからも私とおつきあいいただけますか」

彼は私の手をしっかりとにぎり返していった。

「史子さん、僕のほうこそ、これからもお交わりできたら、うれしいですよ」

私たちはまたウィーンに帰った。さすがに西駅に着いたときはほっとした。私は旅のいっさいをていねいに運んでくれた秀樹さんの心遣いをあらためて感謝した。

この旅をきっかけに秀樹さんとの交際に、じっさい明らかな変化が生じたのだった。八月中旬、私は初めて彼を家に招き、お礼の夕食を出した。ふだんは買わない高級なお米を買って、できるかぎりの新鮮な魚を散らした寿司と、ムール貝で和風味のスープをつくった。また彼の好きなクグロフを焼いた。彼はとても喜んで、私の料理に感激を隠さなかった。それ以降、およそ月一度私たちは私の部屋で食事をするようになったが、秀樹さんはこの日を待ちわびるように、カレンダーに大きくしるしをつけるようになったのだった。

なにかが私たちのなかで動いたのだった。私は秀樹さんの親身な心くばりに報いねばという思いに動かされていた。それに、思えば、このとき、彼にたいするそれまでになかった感情が生まれていたのかもしれなかった。それは、この秀樹さんという人がただ友情のようなやさしい配慮をこえた感情から私と接しはじめているという確信をともなった、そして、ある期待もまじった感情であった。

時はすみやかに流れ、秀樹さんと会ってからすでに四年目になった。その十月半ばに私たちはヴェニスに行くことになった。そこはウィーンからは思ったほど遠くはない。夜行の寝台車で行けば、朝にはもうヴェニスだ。私は何回か来ているが、秀樹さんは初めてだった。

私たちは朝八時過ぎにサンタ・ルチア駅に到着した。ホテルに行くにはまだ早かったので、まず水上バスでサン・マルコ広場に行った。広場にはハトがたくさんいて、ツーリストが投げる餌に群がっている。私たちはこのヨーロッパでも有数の華麗な広場の一角に古くからあるカフェＦに入った。壁には古風な絵がいくつもかかり、淡いグリーンの大理石のテーブルや布製の椅子、じゅうたんやシャンデリアなどすべてが芸術品の観を呈している。多くの文人や芸術家が集ったこのカフェはウィーンのとはまた別の趣を、あえていえば、よく磨かれているが、さらに古色蒼然たる趣をもっていた。その後、私たちは内部の渋い黄金色の壁が燦《さん》たる輝きを放つサン・マルコ大聖堂や鐘楼、贅をつくした建築芸術ドゥカーレ宮殿などを訪ねたあと、とある運河に面したレストランで遅い昼食をとった。

それから、いよいよリド島に渡った。海の上をゆくとき、風が吹いた。冷たい風だった。私はすこし厚手かなと思ったが、濃紺のウールの外套を着てきたのは正解だった。また秀樹さんも黒いウールの外套にチャコールグレーのボルサリーノをかぶっていた。

私たちは宿をヴェニス本島から船で行くリド島に予約していた。秀樹さんは来年にはまた日本に帰らなければならないということで、これは彼にとって最後の大きな旅になる。そのため彼は今回の費用のいっさいを自分がもつといってゆずらなかった。しかもホテルEは高級なので、私は恐縮し、その好意にどう報いたらいいか、あれこれ考えざるをえなかった。ツインルームに同意したのもその気持ちからだった。二部屋ではいくら秀樹さんでも高額すぎるから。

秀樹さんがリドに宿をとったのは窓からアドリア海が見えるからだ。本島では運河は見えても、広い海は見えない。しかしこのリド島には海水浴場があり、はるかかなたまで海原が見渡せる。その景色を彼は望んだのだった。部屋に入って窓を開け、その広い視界が目に入ったとき、彼は子供のように喜んで、「ああ、アドリア海」と歓声をあげた。十月の空は明るく澄み渡り、空気はさわやかだった。海は午後の陽光に照らされて、無数の波がきらきらと輝いていた。やはりここはイタリアなのだ。ウィーンに多い、白いもやがうすいヴェールのようにすべてをつつむなかにやさしくもれる光ではなく、太陽から直接射して、事物の姿をくっきりと浮かびあがらせる地中海の光だった。

さすがに旅の疲れが出て、夕食はホテルで簡単にすませた。部屋に戻ってシャワーをあびると、ふたりとももう寝るしかなかった。

明け方だった。秀樹さんは眠っている。目がさめた私はそっとカーテンを開けた。まだ外は暗い。私はしかし、まもなく海から陽が昇る時刻だと思い、冷蔵庫からミネラルウォーターを出して飲みながら窓辺に座った。その物音で秀樹さんが目を開けた。私は「ごめんなさい、起こしてしまって。日の出の景色が見たくて」といった。彼も起きてきて、隣に腰かけた。そのとき最初の曙光《しょこう》が走った。秀樹さんは、「ああ、大学時代に読んだ小説を思いだす」といった。私にはその場面がすぐにわかった。

まだ暗さの残るなかで、薔薇の花びらがまかれるようにさっと周囲が明らみ、ついに最初の紅色が海にさし、やがて空も海も火のように燃え立って、輝かしい光にみたされてゆく。この壮麗な光のドラマを繰り広げる海原を私たちはじっと見つめていた。

変則的な時間に目を覚ました私たちはそのまましばらく窓辺にいたが、また眠さに負けて眠ってしまった。起きたのは八時過ぎだった。

朝食後、私たちは本島に渡った。まずサン・マルコ広場から狭い道を通って、大運河ぞいのアカデミア美術館に行った。美術が好きな秀樹さんはジョルジオーネやティツィアーノの名画をゆっくりと鑑賞していた。それから近くの、大運河にかかる、屋根のある白いリアルト橋まで歩いた。周辺にはレストランや土産物屋が並び、ツーリストがあふれている。私たちはそのひとつのレストランに入り、ゴンドラや水上バスがひっきりなしに行きかう大運河を見ながらお昼を食べた。秋の光はさんさんとそそいでいるが、吹きよせる海風のために、テラス席は心地よかった。

午後の散策では、エッセーの素材としてぜひ見ておきたいと私が願って、サンタ・ルチア駅近くのユダヤ人居住区跡《ゲットー》に行った。じっさい路地が複雑に入り組んだこの町では何度来ても迷ってしまうのだが、今回もやはり迷った。しかしなんとかたどり着いてゲットーの古びた高層の建物を眺めた。ツーリストはほとんど来ないこのうらさびれた界隈にたたずむと、かつて中世以来ユダヤ人がたどらざるをえなかったつらい歩みをいくらか感じることができるように思われた。入口の近くの店で買ったユダヤ菓子の素朴な味がいまも忘れられない。

見るべきものが無数にあるこの町での一日も夕方になり、いよいよヴェニスでの最後のディナーということで、夕食はホテルの豪華なホールでとることになった。観光のハイシーズンは過ぎたもののホールはほぼ満席で、ここに集まった華やかな装いの人たちはヨーロッパの社交界を縮小したような光景を呈していた。男性は黒のタキシード、女性はイヴニングドレスが多かった。なかには白い衣装のアラブの富豪らしい家族もいた。女性たちのきらめくドレスを飾る大きな真珠のネックレス、大きなダイヤやルビーの指輪、男性たちの塵ひとつなく磨かれたエナメルの靴、そこはかとない上品な香水の香り、優雅なほほえみ、堂々として、しかもまったく自然な立ち居振る舞い……。英語、フランス語、ドイツ語あるいはスラブ系の言葉もきかれる。男も女もみな最高のサービスをごく当然のものと受けとる豪奢な生活に慣れた人々だ。長いことつつましく生活してきた私はちょっと気おくれした。しかし、私が着ていたカクテルドレス、夜空のような濃い青緑色に星のようにラメを散らしたロングドレスは、けっしてその場の女性たちに劣るものではなかった。その布地は最後の贈り物として秀樹さんがウィーンのブティックであつらえてくれた選りすぐりの本繻子《ほんしゅす》のシルクだった。金の重いネックレスはあの窮乏のなかでも手放さなかった亡き母の形見であり、小さめのシャネルのバッグは秀樹さんから去年もらった誕生日プレゼント、靴は光沢を抑えたゴールドのハイヒールだった。秀樹さんは黒のタキシードを着ていた。ドレスと同色のレースの長手袋をつけた私の手をとって、秀樹さんはダイニングホールに入った。

ホールでの夕食がはじまった。私たちは前菜にシャンパーニュで乾杯し、貝や海老をふんだんに使った魚貝のスープ、舌平目のポワレや牛ヒレ肉のグリルを楽しんだ。ワインは勧められたバローロにした。ウェイターによれば、その年は近年ベストのヴィンテージだったとのことだ。あまりワインの奥深さまでわからない私にも、さすがにこれはおいしかった。濃厚ななかにもやさしくエレガントな味わいがある。ホールではバックミュージックとしてレハールの「唇は黙していても」が演奏されていた。ウィーン世紀末、ヨーハン・シュトラウスの黄金の時代に続く白銀の時代を代表するオペレッタ「メリー・ウィドウ」のあの優美にしてやさしい音楽。ワインで陶然となった私はこれまでなかったほど気分が高揚していた。

食後、私たちは外に出て、海辺を散策し、浜に設けられたビーチバーでお茶を飲んで、余韻を楽しんだ。ようやく十一時頃私たちは部屋に戻った。楽しかった一日がおわろうとしていた。ああ、おわってほしくない。この時間が続いてほしい。あのフランツとの交際以降、私がこんな感じをもったのは久しぶりだった。私はふたたび幸いをかみしめていた。

私たちはソファで並んで座っていた。会話ははずみ、いつになく快活になった秀樹さんは冷蔵庫からワインを出して、また乾杯した。甘口のソーテルヌは私の気分をいっそう高めた。あたかも自然のなりゆきのように、私は秀樹さんの肩にもたれかかった。私の髪が彼の顔にふれた。彼は一瞬驚いたように私を見て、そっと私を抱いた。私は彼の体にふれた感触を楽しんだ。彼は私の顔をそっと引きよせ、私の唇にやさしく接吻した。私は抵抗しなかった。それどころか、心地よさにうっとりした。そんな感覚はもうとうに忘れていた。その夜私たちは初めて交わった。

翌朝、私たちはこのロマンチックな町をあとにした。

第七章　別れ、そして病の淵へ

ウィーンに帰ると、また変哲のない生活がはじまった。いよいよ季節は冬に近づき、寒く暗い天気が続くようになった。しかし、ザルツブルクへの旅を境にして私たちは打ちとけた関係をもつようになり、いまやほとんど毎週、秀樹さんを私の部屋に迎えるようになった。秀樹さんは部屋に来るのをいっそう楽しみにするようになって、ときどきは私の食事づくりを手伝うこともあった。私もその日を以前よりも心待ちにするようになった。食事をしながら私たちは笑いあった。彼にとって私と過ごす時間が日常生活のなかでいちばん楽しいといってくれた。そんなことからこの冬は苦痛ではなかった。そして、時間はあっという間に流れて、二月になった。

そんなある日の夕食のときだった。秀樹さんが、翌月に帰国しなければならないことが明白になったと告げたのは。私はもうしばらく一緒にいる時間が続いてくれると思っていただけに、さすがに落胆を隠せなかった。そして三月の第二週になった。私たちは夕食をともにしていた。

「もう明後日には帰ることになってしまって。もうすこしいたかったのですが」

「いまとなれば、短かったですね。でも、残念だわ」

「ほんとうに」

「日本ではお家から会社に通うの？　毎日満員電車で」

「たぶんそうなるでしょう。もうすこしここにいることができたらよかったのに」

「ええ、でも会社の命令ですから」

「そうですね」

「史子さん、あなたはこのままウィーンにいるのですか」

「日本人学校もあるし。それにあと十年もすれば年金ももらえますし」

「あなたにはここが合っているのでしょうか」

「うーん、どうかしら。ときどきむしょうに寂しくなりますよ」

「どうして日本に帰ることを考えないのですか」。そしてやや語調を強めていった、「あなたには日本が故郷なのだから」

ここまで踏みこんだことを秀樹さんはこれまでいったことがなかった。私はいった。

「いま日本に帰っても、私には仕事なんかないのよ。なんのコネもないし」

しかし、彼はたたみかけるようにいった。

「日本でも翻訳はできるのでは？　それに、あなたの年金に相当する額も僕がなんとかしますが」

この言葉が私の神経にふれた。私の長い異郷生活を支えてきたプライドが反発した。私がいちばん大事にしてきた自分らしいありかたを決定する自由が侵害された気がした。

「いま帰国するなど考えていないの。自分のことは自分で決めますわ」

私の語気の強さに秀樹さんは驚いた顔をした。

「余計なことをいってしまって、ごめんなさい」と彼はすまなそうに、声を落としていった、

「そういう意味ではなかったのですが」

気まずい沈黙が生じた。このままではヴェニスの美しい思い出までが壊れてしまう。そう思った私は、なるべく感情を抑えて、いった。

「わがままに聞こえたかもしれませんが、私はまだここにいたいのです。私のことを思ってくださるお気持ちはとてもうれしいのですが」

「そうですか。わかりました。いや、もしできればあなたを日本にお迎えしたいという気持ちがあって。でも、いいんです」

いくら対人的な感性の鈍い私でも、これが秀樹さんのプロポーズであることはわかった。それは、何事であれそつのない彼にしては、じっさい不器用なプロポーズだった。だが、私は思った。どうして彼は思いきって「きみが好きだ」といえないのだろう。ヴェニスの最後の夜でもそんな機会はあったはずだ。そしていまも。私がその言葉をひそかに待っていることをこの人は知

らないのだろうか。

それにもかかわらず、最後の言葉をいったときの彼の悲しそうな表情が私の心を刺しつらぬいた。彼が私にどれほどつくしてくれたか、そのひとつひとつが想起されたのだった。いろいろなものを買ってくれただけではない。ことあるごとに、彼は私のために気配りしてくれた。それも、下心なく。この町に、いや世界に、彼以外にそんなことをしてくれる人はだれもいない。こんな善良な人を、私はまた傷つけてしまった。これまでつねにしてきたことを、また、してしまった。親しい人とのいちばん大事なときに、相手が私によりかかってくるときに、愛を求めてくるときに、私はいつも突き放してしまうのだ。反射的にそんな行動をとってしまうのだ。

「ほんとうにごめんなさい。お気持ちをかなえてあげられなくて」

「いや、いいんです。僕はここで素敵な時間を過ごさせていただいたのだから」

こうして最後の食事の夕べはおわった。玄関で軽く抱擁を交わしたとき、秀樹さんは私の目をしっかり見つめていった。

「もしもまたお会いできればうれしいのですが。あなたと過ごした時はとても貴重でした」

「ありがとう。どうかおしあわせにね」

なお冷たい早春の風が吹いていた。そのなかを秀樹さんは、オーバーコートの襟を立て、私のほうをふりかえることもせずに、去っていった。照明も弱い舗道にあたるコツコツという靴音がしばらくつづき、それもやがて消えた。

こうして、私たちは別れたのだった。私は空港にも行かなかった。またなにか起こることを恐れたからだった。自分を混乱させるところには、あえて飛びこみたくなかった。

秀樹さんと別れてから私は仕事に打ちこもうとした。滞っていた翻訳がいくつかあったし、エッセーも頼まれていた。窓から見えるヴェルトハイムシュタイン公園の木々にはまだ葉は出ていない。私は朝食をとったあと、マフラーを巻いて散歩に出た。空気は冷たく、厚い外套が必要だった。公園ではあの節くれだったブナの巨木が弱い陽光のなかに白々と立っていて、先日降った雪の名残がまだあちこちにあった。私は公園の傾斜地をくだり、道路を横切り、また坂を昇って、ホーエ・ヴァルテの住宅地からハイリゲンシュタット公園に入った。広い公園にはだれもいなかった。ここにも太いブナの木が何本もある。私は大木の下のベンチに腰かけた。ウィーンでは疲れて休みたいと思うところによくベンチがあるものだ。優美に湾曲したアール・ヌーヴォー様式の緑の鉄枠をもったこのベンチに私はこれまで何度座って物思いにふけったことか。

そう、夢はおわった。とうとう。完全に。これからは、また仕事だけの日々がはじまるのだ。仕事、カフェ、大学での聴講。これだけからなる単純きわまる生活に私は喜びを見出していかなければ。秀樹さんとのことは夢にすぎなかったのだ。寂しいけれど、仕方ない。一時は秀樹さんが私の人生になくてはならない人になってくれたらと期待もしたのに、私たちの関係はしょせんかくももろいものだったのだ。

翌日も、そのつぎの日も、何もする気もおこらない。とうとう、せめてもの気分転換にと思い立ち、しばらくぶりにあの老婦人のいるカフェに行ってみた。入口奥の古い鉄のストーブはまだあった。きっと今後も永遠にそこに置かれているだろう。

「グリュス・ゴット」といって店に入ると、女主人のイェリネック夫人は私を見てすぐにわかり、「ああ、グリュス・ゴット」といい、「このところお顔を見ませんでしたね」といった。その自然な笑顔を見て、ああ、ここにきてよかったと私は思った。

この店にはほかにない独特のホスピタリティがある。ひとえにこの夫人から放射する客への配慮だ。彼女はこれまで私を見るたびに、「まあ、久しぶりですね」と声をかけてくれた。いつだったか、私はこの老婦人に日本の和紙の便せんをプレゼントしたことがあった。彼女は何度も礼をいって、それ以来私たちは親しく語らうようになったのだった。

ちょうど夫人が店番をしている椅子の隣があいていたので、そこに座った。いつもなら、すぐに新聞に手をのばすのだが、この日はすこし話したかった。

すぐに彼女が運んできたメランジェを飲みながら、会話を交わした。

「今日は新聞を読まないの？」と彼女はきいた。

「ええ、今日はちょっと」

夫人は黙って雑誌に目を通している。この女性はなにか自分に話しかけたいようだと思いながらも、夫人はだまっていた。こんなウィーン人の細やかな心遣いがうれしかった。

やっと私は沈黙を破った。「イェリネックさんはもう何年ここをやってらっしゃるんですか」

「そうね、もう四十年近くになるかしら。ほら、あそこに座っている夫と一緒にね」

店の奥にひっそりとジャケットと蝶ネクタイをつけた品のよい老人が座っていた。

「私たちはね、オーストリアの敗戦で、命からがらスロバキアから避難してきたの。『第三の男』の荒廃した雰囲気のウィーンに。いろいろあったけれど、でも、なんとか店をもつことができた。このストーブは苦しかったときに狭い住まいにあった唯一の暖房だったのよ」

夫人は夫に声をかけた。振り返った白髪の夫の顔には苦労を重ねた人間の深いしわがきざまれていた。だが、そのブルーの目は穏やかだった。彼は私たちのテーブルにきた。ふたりは来し方の仲睦まじい思い出を私に聞かせた。そして私は、いまさらながら、夫婦っていいものだなあ、と思った。

夫人は別れぎわに心配そうな低い声で私にたずねた。

「なにかお疲れのようですが、大丈夫？」

「ありがとうございます。あなたがたの仲のいいご様子を見て、私、いやされました」

「そう。これからも、いつでも、きてくださいね」

「ありがとうございます」と私はいって、店を出た。

仕事は、しかし、なかなか進まなかった。秀樹さんと別れたあとはふたたび私だけの自由な時間が生まれることを信じていた私は思い違いをしていたようだ。毎日なにか物憂くてならず、どうしても積極的な意欲がわかない。それがもう三週間にもなる。医師の診断も受けたが、病気ではないようだ。私のなかにぽっかりと空洞があいているようだ。この頃では夜中になると目がさめて、二時間ほども眠れなくなる。心身のリズムが狂ったのか。あのヴェニスの夜を頂点とする四年あまりの秀樹さんとの交際は、私自身が思っている以上に私のなかに影響をおよぼしていたのだろうか。

夜中の三時。その日も眠れないままCDを聴いたり、ラジオをつけたりした。それでも薬は飲まない。ただいくらかアルコールに頼るようになった。その日もウィスキーをすこし飲んだ。水も氷も入れずにストレートで。

眠れぬまま、ふと聴きたくなって、学生時代に買った「新しいシャンソンのすべて」というレコードをロッカーの奥から取りだした。シャルル・アズナヴール、ミレイユ・マチュー、ダリダなど有名な歌手が歌うアンソロジー。なかでも今回くりかえし聴いたのがアズナヴールの「悲しみのヴェニス」であり、それは秀樹さんとの二度と帰ってこない甘美な時間をいやおうなく思いださせたのだった。しかし、それとともに心に沁み入ったのがダリダの「ラストダンスは私と」だった。何気なく聞くと軽快な感じのこの歌は、しかし、シャンソンという日本語が感じさせる流行歌風の甘やかなイメージをよせつけない、どこか厳しい、人間の生の真実に直面させる雰囲気をもっている。それは、ほかの歌手にもある程度共通しているように思われる。私はこれまで何度もこのレコードを聴きながら、これらフランスの歌の軽やかさの下に流れる深い孤独の感覚を意識してきた。

これまでたびたび感じてきた、語らう相手もいない孤独、とりわけ冬に私に襲いかかる激しい寂寥感。こうした孤独の情感のさらに根源に横たわる、存在そのものの孤独。それは、人が生きるということ自体が前提とする孤独だ。西洋のたがいに渇いた人間関係、ときに氷のように冷たい世界のなかでの孤独であり、ジャコメッティの作品を目にして私がおののいた存在の根源的な事実にほかならない。

それはもう一枚の愛聴レコード、ジュリエット・グレコのシャンソンにもいえることだ。「今宵ただひとり」にせよ、かの有名な「枯葉」にせよ、そこに浮き出てくるのは、恋人を失った寂しさとともに、生きることそのものの哀愁だ。それはなんという透明な感情だろう。こうした、大人のさりげない日常的な生の感覚を歌った歌には、ドイツ・ロマン派のリートのような、直接に悲哀を歌ったものよりも、ずっと成熟した響きがある。たとえばシューベルトの「冬の旅」に流れるような「世界苦的な」孤独感にはまだある種の憧れや陶酔さえもある。青年の感傷がある。悲哀のうちにもひそかな快感があるものだ。だが、このグレコには。そこには若者の感傷は、もはやない。ただ生きることとの純粋な喜びと静かな哀愁だけだ。年齢が増すにつれて悲しみも成熟する。そして、そのような感情は、あらゆる偶発的なものから濾過された純粋な心の状態、人間であることとの純粋状態なのだろうか。そうだとすれば、私は自分をごまかさないでそれにむきあわなければならない。生も死も、そのような孤独のうちに負っていくこと、いまや私はこれを生きなければならない。ラストダンスを踊る機会はもう私にはないだろう。

ともかく仕事をしなければならない。そう思って私は集中力を奮い起こして翻訳にとりかかった。寂しさに耐えなければならない。私は心の空洞を埋めようとして、とにかく机にしがみついた。ザルツブルクやヴェニスの出来事も忘れようとしたし、秀樹さんが私を写してくれた写真はすべて机の奥にしまいこんで、いっさい見ることはなかった。私の生活はしだいに以前のリズムをとり戻してゆき、心の空洞に悩まされることはほとんどなくなった。仕事のペースは戻り、日本人学校の授業も問題なく進められていた。やはりあれは一時の空虚感だったのだ。

秀樹さんが帰国してから四か月が経ったある日のことだった。郵便受けに日本からの手紙が入っていた。仕事関係をのぞけば、日本からの手紙などめったに来ない。見ると、差出人は秀樹さんだった。一瞬、どきっとしたが、同時に単純にうれしかったことも事実だった。もう二度と彼からの言葉は来ないと思っていたからだ。すぐに開封すると、なつかしい文字が並んでいた。私は便せん四枚ほどの手紙を何度も読んだ。

この手紙を書くべきかどうか、私はずいぶん考えました。もうあなたとの関係は終わったのだという声が私のなかで繰り返し聞こえ、私は書きかけの手紙を何度も捨てました。どうしてもペンが先へ進まないのです。あなたにうるさく思われるのではないか、もしかしたら未練がましい男と軽蔑されるのではないか、そんな思いが私のペンを進ませないのです。そんなことで私は一か月躊躇していました。

しかし今日思いきってまた試みました。どう思われてもよい、これで完全に終わってもよい、ただ現在の私の思いを知ってもらえたら。そう覚悟を決めて書いています。

あなたとの四年余りのおつきあいはとくに異郷にいた私にとって何よりも大事なものでした。私は交際が進むにつれ、お会いする日が来るのを楽しみにして待ちました。年甲斐もなくこんな若者めいたことを書くと、きっとお笑いになると思いますが、じっさいそうなのでした。ウィーンでの私の生活はあなたをめぐって営まれていたとさえいえるのです。最後に言葉を交わした日、あなたは私の申し出にあのようなお返事をなさいましたが、そのあと何日か仕事に集中できない状態でした。そのまま帰国しましたが、いまは、東京のあわただしい生活のテンポにとまどいながら、それなりに職場復帰を果たし、多忙な仕事をこなしております。

しかし、ふとしたときに、あなたのことが思い浮かび、なにか大きなものを置いてきてしまった感がしてなりません。私の人生において、ある大きなものを失ったと。ときどきあなたの懐かしいお顔を夢に見るほどに、私はあなた以外の誰も充たすことのできない空虚さを感じております。

史子さん、もう一度だけ言わせてください。あなたが大切なのです。この思いをご理解いただけるでしょうか。いかがでしょう、もう一度話ができないでしょうか。あのとき押しつけがましいことを申したかもしれませんが、それは謝ります。ただ、あなたとおつきあいを続けたい一心であんな言葉が出たことをご理解いただければと思います。どうか、もう一度お会いできないでしょうか。来月ドイツに出張があります。その折にでもお会いできないでしょうか。まことに勝手ながら、お考えいただければ幸甚です。

この手紙に私が心を揺さぶられたことは事実であり、じっさい心臓の鼓動はなかなかおさまらなかった。にもかかわらず、私はすぐに返事が書けなかった。ようやく自分のペースが戻ったのに、またそれが崩されるのが怖かった。なにか書かなければと思いながら、どう書いたらいいかわからないまま日々が過ぎ、いつか、秀樹さんがいった「来月」も過ぎてしまった。

この町に住むようになってから私は健康診断というものを受けたことがなかった。胃や腸の調子もとくに悪いところは感じられないし、更年期障害も知らずに過ぎた。そういうわけでわざわざ人間ドックに行くことなどおっくうでしなかった。

あれは、しかし、秀樹さんの手紙を受けとった日の翌月、八月のことだった。入浴中にふと胸を触ったら、しこりのような固いものを感じた。乳腺のあたりのようだ。何度も触ったが、やはりなにかがあるように思った。私は心配になってかかりつけの医師を訪ねた。触診の結果、大きな病院で精密検査をするようにいわれ、紹介状を書いてもらった。私は面倒だなあと思いながらも翌日病院と連絡をとった。二週間後、マンモグラフィーや超音波でより精密に検査した。数日後、結果を聞きに行ったが、答えは、やはり腫瘍があるとのことだった。

いったいどんな腫瘍だろう。まさかがんではないだろうが。私は急に顔から血の気が引くのを感じた。それまでほとんど医者知らずできただけに、よけいショックは大きかった。めまいのときのように、まわりの世界がぐらぐらと動くように感じられた。

年配の医師は静かな口調でいった。

「乳腺に腫瘍があります。小さいとはいえませんね。どうしてこれまで気がつかなかったのか。とにかく放置してはいけませんよ」

「というと、それは悪性なのですか」

「ええ」

「え？　やはりがんですか」

「はい、これからのこと、つまり抗がん剤の投与や手術について、スタッフも入れて話しあいましょう」

「そうですか」

私はそれ以上なにもいえなかった。喉がひからびて、言葉が出なかった。その日、病院からの帰りに電車をどうやって乗り継いだのか、まったく記憶がない。とにかくやっと家にたどりつくと、ベッドに身を投げだした。涙があとからあとから流れた。

その後、もう一度病院に呼ばれ、医師と話しあって、全摘手術を受けることになった。手術は三週間後になるということだ。私は病院のいろいろな書類にサインした。午後、帰宅した私はこれから先のことを考えて、とりあえず連絡すべきところやそろえるべきものをメモした。万一のことを考えて妹の愛里にていねいな手紙も書いた。私には財産などないが、とくに持ち物の処分を含めていくつかのことを依頼したのだった。

やがて手術の日が来た。ウィーンにはだれも身内はいないので、付き添ってくれる人はいない。ひとりで指定の部屋に行き、所定の服に着替え、ストレッチャーで手術室に運ばれた。私は一部始終を冷静に眺めていた。手術はわりに簡単にすんだ。医師は、「成功しました」と無表情のままいった。

予想したより早く、私は数日で退院し、授業はしばらく休ませてもらうことになった。翻訳はまったくといっていいほど手につかない。倦怠感と不安のあまり毎日が重苦しく過ぎてゆく。抗がん剤のために髪の毛が抜けてゆくのは聞いていたとおりだった。私はウィッグをつけて生活した。副作用は相当のものだった。食欲はなく、ゼリーやジュース、やわらかい果物ばかり食べていた。体重はがくんと減った。

たまに気分のいい日には外に出た。ただ、ヴェルトハイムシュタイン公園のベンチに座るのがせいぜいだった。手にした本のページを開くこともなく、すでに葉がすっかり落ちたブナの巨木をぼんやりと眺めていた。何枚かまだ落ちない茶色の葉が枝に残っている。この葉のように私もいずれ散ってゆくのだ、ひっそりと、だれにも知られずに消え去るのだ。そう思うと、いたたまれない気持ちになった。これまで私はなにをして生きてきたのだろう。ほんとうに生きてきたといえるのだろうか。人間らしい生き生きとした生を経験したことがあっただろうか。そう、フランツと過ごした日々、あれは私の唯一の充実の日々だったかもしれない。いや、さらにさかのぼって、大学時代の鳥居さんとの日々、あのとき私は生きていた。心が躍動していた。すべてが輝いていた。ああ、しかし、すべてが過去になった。そして、これからどうなるのだろう。こんな異郷で、無関心な人々の視線にさらされていつまで過ごすのだろうか。

私は重い足を引きずって、近くのカフェに行った。このまま部屋に戻るのが嫌だったから。部屋に戻って壁ばかり眺め、なんの物音もない張りつめた静寂のなかで際限のない暗い思考に落ちこむのが耐えられなかったから。カフェには数人の女性がいた。みな年配で、年金生活者に見えた。いかにも楽しそうに笑いながらジェスチャーたっぷりに会話している。聞こえてきたのはウィーンの言葉だ。いまでは私もかなりウィーン方言に慣れてきたが、初めはよくわからなかった。オペレッタでも速いテンポの会話になると、ウィーン方言が飛びだして、私は急にわからなくなったものだ。ああ、あのときが、あの留学生時代が、まるで昨日のようだ。オペラやオペレッタを毎週のように観に行った日々、一時間の空白もないほどぎっしりとスケジュールがつまっていた日々。ああ、あのきらめきの時間はもう二度と戻らない。じっさい時間はなんと速く流れ去ってゆくのだろう。すべてが失われてゆく。とどまるものはなにもない。私は死神の姿をした時間の魔手が自分をぐいっとつかんで、地の底へ引きずりこむさまを思い浮かべた。

フランツの死後私を見舞った死の思いが、ふたたび私に襲いかかったのはこのときだった。私はそんな思いをしばらくわきにのけて仕事に専念していたのだ。だが昨今、ふと気づけば、私はまたしてもその想いにとらえられている自分を見出した。それどころか、今度は、以前にまして強い実感をともないながら、それは私に迫っていた。私はある作家の描いた犬の死の瞬間を思いだした。病んでいた犬がついに死に襲われる。犬は飼い主が自分を守ってくれると信じていたにもかかわらず、そうしてくれなかったので、飼い主にたいする不信と非難の思いのうちに、死んでゆく。「犬は僕をいぶかしそうに寂しそうに見つめたままこときれた」という表現が印象的だった。

この部分はドラマチックな文体を避けて、むしろ死の生々しい現実にたいしていくらか距離をおいた、さめた文体で描かれているけれど、その個所はそのときなんと私の心に突き刺さってきたことか。いま自分が死ぬかもしれないと思いながら、周囲にそのような寂しそうなまなざしを投げているのかもしれないと私は思った。自身の死という事象をみすえて人はどれほど孤独になることか。

毎日、影のように生きる日が続いた。元気なときには思ってもみなかった肉体的な重苦しさが続いた。日本人学校の授業は正直いって苦痛だった。だが、やめるわけにはいかない。もうすこし働けば年金がもらえる。それまではがんばらないと。日本の出版事情も変化して、翻訳依頼は減っていた。しかし私はそんな事態を心のどこかで歓迎していた。神経の疲れることはなにもしたくなかったのだ。ただ、その分、収入は減った。給与から税金がどさっと引かれ、残った額ではかなり節約した生活しかできなかった。わずかな蓄えも減っていた。これでいつまでやれるのか不安だった。ただでさえつましい生計をさらに切りつめる必要があった。

そのときふいに、ひとりの老婦人の姿が頭をよぎった。それは、私が勤めに通うとき通りかかる老朽化したアパートにいつも見かけた婦人である。最近はまったく見かけないが、何年ものあいだ彼女は毎朝二階のバルコンの手すりにもたれては通りを見下ろしていた。歳はおそらく八十代半ばだろうか。聞いたところでは、日本人らしい。真っ白な髪も身なりも、きちんと整えている。よく真っ黒な猫を抱いていた。ただ、彼女とときどき目が合うと、私はなかば軽く会釈して、すぐ目をそらしてしまった。その鋭いまなざしに横たわる憂愁の深さと光のないどんよりとした暗さに私の心が動揺したからだ。生きている喜びのまったく感じられないまなざしだった。同僚によれば、もう長いこと、ここに暮らしているらしい。家族はいないようだ。いったいどんないきさつでこの町に来たのだろう。もはや帰るべき場所などないのだろうか。最初にこの町に来たときにはあるいは希望に充ちていたのかもしれない。しかし挫折と幻滅の砂をかむような歳月が彼女を変えたのだろうか。異郷に生きることは、経済的な支えがあり、かつ家族や話し相手がいれば、楽しいかもしれない。しかしそれを失ったり、もっとも頼りにする人を喪ったりしたときに、人生は逆転する。

異郷で落魄《らくはく》したこの老婆に私が恐れを抱いたのは、来るべき私の予兆と思えたからかもしれない。だれも頼る人がなく、異郷でひとり暮らす老いた日本人を私はパリやベルリンで何人か知っている。彼らはどんな集いにも参加せず、みずからの生を恨み、幸福そうな他人に厳しい目をむける。たまに言葉を発すると、周囲への辛辣な批判ばかりだ。場の空気がたちまち凍る。だから、みな彼らを避ける。一目でその惨状がわかる零落した身なりとのろのろとした歩き方をして、いまにも雪が降りだしそうな暗い空の下を、彼らは行くあてもなく通りから通りへと影のようにさまよい歩く。東洋人の彼らに西洋人はなんの関心ももたない。なにか人の形をした物が動いているくらいにしか思わないのだろう。その黒い影が近づくと、犬さえもおびえて吠える。ああ、異郷で病を得たりして困窮するとはそういうことだ。だれからも相手にされぬ惨めな孤独者、絶望の姿になるということだ。

しだいに抗がん剤にも慣れてきた。相変わらず食欲はないが、せめておなかにやさしい日本食をつくって食べていた。いうまでもなく転移について心配だったが、なるべく考えないようにした。執行猶予のような生活だと思いながらも、よいことのほうを見ようと思っていた。だが、その思いとは裏腹に毎月の定期検査の結果を恐れていた。なによりも、日々ひとりで生きる孤独にさいなまれていた。相変わらず学校でも挨拶程度の会話しかすることはなく、同僚とカフェに行くようなことは皆無に近い。その孤独感は、とくに病後のためだろう、いまやもういたたまれないほど私の心をむしばんでいた。

そんなとき、十二月下旬に従妹の真歩から荷物が届いた。開けてみると、彼女らしいいたわりのメッセージを記したクリスマスカードと一枚のＣＤが入っていた。それは日本の童謡だった。私は大人になってからはあまり童謡を聴いたことがない。どうして真歩はこんなＣＤを送ってきたのかと思いながら、プレイヤーにかけてみた。「さくらさくら」「夏の思い出」「夕焼け小焼け」「お正月」などの定番が流れた。私は窓の外を眺めていた。葉をすべて落としたポプラの木々は、いつ本格的な雪に変わるかわからないみぞれのような雨にぬれ、幹も枝も黒々として立っている。そのとき流れてきたのは「うれしいひなまつり」だった。

あかりをつけましょ、ぼんぼりに　お花をあげましょ、ももの花
五人ばやしの笛太鼓　今日は楽しいひな祭り

お内裏さまとおひなさま　ふたりならんですまし顔
お嫁にいらした姉さまに　よく似た官女のしろい顔……

ああ、このとき、どれほど私はこの歌にとらえられたことだろう。心のすべての琴線が一度にかきならされたようだった。それは、いいようもなくなつかしい調べだった。それは女性が歌っていたが、子供の声のような澄んだソプラノだった。そのひとことひとことが、なんというやさしい語音の響きだったろう。選び抜かれた単純な言葉は、心に沁みるきれいな日本語だった。さ

らに、やさしい波のようにくりかえされる七五調のリズム。いま、この歌は私のうちに眠っていた、ふだんまったく意識しない日本人の遺伝子的形質といったらよいのだろうか、その深層をよびさました。私の目には涙があふれ、ぼろぼろと頬を伝って流れた。私は、幼いころこの歌を母に歌ってもらったことを思いだした。たぶんひな祭りの折だったのだろう。それを聞きながら、いつの間にか私は母の膝の上で眠ってしまった。母が私をそっと抱きあげ、布団へ運んでくれたとき、私はうすく目を開けた。それに気づかなかった母は私の頭をなでながら「ふみちゃん、しあわせになるのよ」と語りかけ、甘えてむずかる私の隣に寝てくれた。母から伝わってくるぬくもりがなんと気持ちよかったことだろう。障子とふすまで囲まれた部屋はとても静かで、古い簞《たん》笥《す》や大きな丸い食卓があった。いま、歌を聴くうちに、それらいっさいの事象が、あたかも眼前に実在するかのように一挙に想起され、かぎりなくなつかしい雰囲気をしたたらせた。私はまた涙があふれた。そして、すべてを浄めてくれるような悲哀のまじったやさしい情調の波のなかで、この歌を何度も何度も聴いた。西洋に来て、ここまで心に響く歌を私は聞いたことがなかった。異郷で根無し草《デラシネ》を生きてきた私だが、その私が自分のうちに根を、すくなくともそのひとつを感じたのは、このときであった。

寂しさにささくれだった心が、しばしいくらかいやされた気がした。

第八章　再　会

秀樹さんとの別離は私の心の底に燃えていたあたたかい灯火を消してしまったようだ。本格的な冬の寒さがしんしんと迫る夜々、ウィスキーを飲んでも眠れない心細い夜、心はやすらぎを失ってみだれ、私はまたしても、人はみなこのはてしない宇宙のなかで宙づりにされた根無し草《デラシネ》の状態にあるのではないかという思いに沈むのだった。

が、それとともに、ふっと、どこかに導きのようなものがあるはずだという、かすかな希望めいた思いも浮かぶのだった。フランツがかなたへ去ったとき、私はひたすら運命の悪しき導きを考えたものだ。その後、しかし、秀樹さんが現れて、ふたたび喜びのときがあたえられた。それを思いめぐらしたとき、なにか偶然のふしぎな連鎖とある種の導きのようなものを感じるのだった。人間はその連鎖のなかに配置されたカードのようなもので、あらかじめ定められた役割を演じているのかもしれない。だれによって定められたか、それはわからないけれど。

それにしても、なにがいったい人間を導くのだろう。運命か。宿命か。それとも神仏か。いずれにせよ、それは人間の理性をかぎりなくこえる事柄だ。しかし、人間にはそういう「魂の次元」といったものがあるはずだ。ちっぽけな人間の思いをはるかにこえる存在にむかう心が。なにかにすがるように、私はくりかえしこのことを考えた。

そのとき記憶によみがえったのは、秀樹さんとミュンヘンに行ったときにたずねたアザム教会での情景だった。ミュンヘン滞在二日目の夕方、私は市庁舎から遠くないその教会に行った。どうしてもひとりで行きたかった。私はミュンヘンに来るたびにここに立ちよる。ツーリストでいつもごった返している大聖堂には入る気が起こらない。聖堂としての落ちつきも、内面に迫るものもない、ただ大きいだけの教会だから。それにたいして、この街なかの美しいバロック教会を私はかねてから愛していた。その華麗な装飾にはいつも圧倒されてきた。とはいえ、この聖堂ではバロック的な装飾のうちにもどこか品が感じられる。

私はひとり聖堂に入った。ちょうど夕べのロザリオの祈りが行われようとしていた。参列者は二十人ほど。年配の人が多いなか、若い母親に抱かれた幼い子供もいた。私は信者ではないので、うしろの席に座って、静かに聖堂内を眺めていた。この聖堂は以前に訪ねたときはすべてが古びていたが、最近、内部全体がつもった埃《ほこり》や汚れを落とされて、すっかりきれいになった。聖堂の柱や壁は緑や薄茶色の大理石でつくられ、二階正面には四本のやはり色大理石のねじり柱が並ぶ。その奥の窓を背にして三位一体像があり、それが夕べの弱い光を受けている。一階左側の壁龕《へきがん》内の聖母子像がことに美しい。また、たくさんの天使像。

私は静かに眺め、考えていた。聖堂の天井には天国のもようを描いたフレスコ画が人をかなたの世界へと導く。これら多くの聖像や絵画のすべてが躍動と上昇のエネルギーを感じさせる。このような聖堂をつくったバロックの精神は、どれほど強烈・熾烈《しれつ》だったのだろう。あふれる情報のなかに精神を拡散させながら生きざるをえない現代人は、このような精神と感情の強靭な集中性を忘れてはいないだろうか。

そんなことを考えていたとき、ふと三列まえのひとりの女性が目に入った。彼女は黒に近い濃紺のシルキーな半袖のワンピースに身をつつんでいた。女の私から見ても、はっとするほどの美貌の持ち主だった。西洋人としてはむしろ小柄だ。濃茶色の長い髪、ややきれ長の黒い目など、全体の容貌からすると、おそらくは南欧系だろう。その容貌はあの歌手マリア・カラスに似ていた。彼女はもう娘ではなかった。かといって老いを感じさせるほどではなかった。ちょうど中年にさしかかろうとする年齢だろうと思われた。

ロザリオが開始された。先唱者が前半を唱え、会衆が「天主のおん母聖マリア、罪人なるわれらのために、今も臨終のときも祈り給え」という後半を唱えるかたちで、ドイツ語の天使祝詞が十回くりかえされていった。その祈りのあいだ彼女はひざまずいていた。黒いレースのヴェールをかぶり、細い手にはやはり黒いネットの長手袋をつけているが、だれか近親の者を悼んでいるのだろうか。私の目に留まったのは、ヴェールを通して見えた端正な顔にただよう気品だった。その顔に髪の一部が垂れかかり、それをそっとヴェールのなかへかきあげる白い手が美しかったが、顔は病者のように、透き通るほど白かった。もしかしたら彼女自身、病の憂いがあったのかもしれない。彼女はうつむいてロザリオを真剣に唱えていた。

やがてロザリオはおわった。会衆は帰ってゆく。しかしこの女性は最前列へ、マリア像の足元に移動し、ヴェールをとって、またひざまずいた。彼女の近くにいくぶん年上らしい長身の紳士がいた。彼は口ひげをたくわえ、そのいくらかウェーブした金髪には白いものが混じっていた。彼女につき添っているらしい。聖堂のなかは彼女たちと私だけになった。私はもうしばらくここにいたかった。騒がしい世界を離れて独りになりたいとき、静かにものを考えたいとき、私は教会の椅子に座ることがよくある。独特の静謐《せいひつ》さにつつまれた祈りの空間は、私の思いをふしぎに浄化してくれるような気がするからだ。私はしばらくそこにいた。この女性も、熱心に心をこめて、なにか祈っていた。ときどき彼女の小声の祈りの一部が聞こえたが、その内容はわからなかった。

ふたたび深い沈黙が領した。時間はじつに緩慢に、ほとんど停止してしまったかのように、静かに流れた。マリア像は数本のろうそくの光で照らされていた。赤と青の衣をまとった聖母はこの女性ににこやかなほほえみを投げかけていた。それはこの世をこえたといいたくなるような神秘なほほえみだった。彼女は一心不乱に祈り続けている。私は身動きすることもはばかられた。彼女の魂が高みにむけて上昇し、聖母とのあいだで魂の熱い交感が交わされているように思われたこの瞬間を妨げたくなかったからだった。この女性はそのような交感を求めてたびたびこの聖堂に来るのだろうか。濃密な精神の空間、喧騒《けんそう》に充ちた現代では稀有《けう》な空間に。

祈りはおわり、彼女はゆっくりと立ちあがって、聖母にむかって片膝を折っててていねいに一礼した。グレーのソフトをかぶった男性は彼女に手を差しだして、その手を支えた。彼女は小声で「グラツィエ」といって、一緒に聖堂をあとにした。私はそのとき、彼女の目にたまる涙を見た。それとともに深い安らぎを見た。ほんとうに静かな表情だった。彼女をめぐるすべての思い煩いや葛藤から解放された表情だった。私は彼女がこのとき本来の自己に還ったのだと直感した。生涯にわたって彼女のもっとも深い自己を形成してきた内的な時間の持続を生きる静かな喜びをふたたび経験したのだと思った。男性は彼女の手をもって彼女を支えながら、ゆっくりと歩行をともにしていた。やはり彼女はどこか体が悪いらしい。私は彼女の祈りが聴かれることをひそかに願った。

祈ること、それはほかのだれも入りえない、徹底的に個人的な空間における超越的存在との交接である。人間の生き方に決定的な影響をおよぼすこの交接は、絶対に孤独の深みでしか起こりえない。そして祈りとは、苦悩や愛に似て、そのような孤独な心情の孜々《しし》とした行為なのだ。

私が、人が祈る姿にひかれたのはミュンヘンでの経験が初めてではない。思いだされるのは、学生時代の旅行中、四国・松山に近い石手寺《いしてじ》でのことである。私の目を引いたのはひとりの年配の女性だった。五十歳ほどだろうか。同じくらいの年齢らしいもうひとりの女性と一緒だった。ほかの人みなと同じく、白装束に身をつつみ、遍路の金剛杖をもち、手甲、脚絆《きゃはん》をつけている。彼女は阿とどこがちがうか、それはうまくいえないが、彼女は私に強い印象を残したのだった。彼女は阿弥陀堂で阿弥陀仏にむかって経本を見ながら熱心に祈っていた。連れの女性とくらべて、祈りの長さが私の目を引いた。よほど深い思い入れがあるのだろう。ほかの霊場でもこのように熱心に祈禱《きとう》しているのだろうか。いま思えばこの女性は、ミュンヘンの南欧系の女性とどこか似た雰囲気をもっていたといえるかもしれない。いや、それ以上に、小さめの口やかなたを見るような澄んだ目といい、どこかおっとりとした雰囲気といい、私の母を思わせた。

小柄で手の小さな母、あのころまだ二十代だった母はよく幼い私を実家の近くの観音堂に連れて行った。母が小学校五年のとき、母親が継母であることを知った。その翌日、悲しみのあまりこの観音堂に、幼いころから父親に連れられてきたこのお堂に、ひとり来たという。世の不条理というものを初めて知って、母はどうすることもできずたたずんでいた。それまで信じてきたことがすべてくだけたような感じだった。父にも継母にも、実の妹と信じてきた妹にも、だれにももう頼れないのだと思った。まだ小さい自分にはなにもできない。家を出て、母はとぼとぼと村はずれのお堂にむかった。それ以外に行くところは思いつかなかった。慈悲深くこちらを見つめる観音菩薩《ぼさつ》の表情を見ていると、自分の知らないほんとうの母が立っているように感じられた。この母のような菩薩にむかって母は初めて祈った。祈らなければ、自分がくず折れてしまいそうだった。涙を流しながら、「助けてください」と子供ながらのつたない言葉で祈った。母はのちのちまでそのときのことを思いだしては、「あんなにつらかったことは、なかったよ」といっていた。

敬虔な母からしばしばそうした話を聞かされて私は育った。

私が大学生だったころ、両親は深刻な危機を経験した。あるとき母は古い二層式の洗濯機に手をやりながら小声で祈っていた。家のなかにだれもいないと思っていたようだ。私はその言葉の一端から、父との関係の最善の解決を祈っているのだと知った。

人間には、どれほど努力しても自力では解決できないことがすくなくないし、人間をこえる存在に自分をゆだねて初めて開かれる境涯がある。母の静かな澄んだまなざしは、そういう境涯にみずからをゆだねて生きたいという思いを伝えているように思われた。そして、それはいつか私のうちにも根をおろしていたらしい。私は特定の信仰をもつわけではないものの、こうした心のあり方は私にとって親しいものとなったようだ。「あなたがほんとうに人生に行き悩んだときにはね、祈ることよ」。これまで実行したことはないが、母のこの言葉は私の心に深くきざまれていたと思われる。


秀樹さんから思いがけない手紙が届いたのは、私が「ひなまつり」のCDを聴いた日の三週間後だった。もう二度と来ないだろうと思っていた彼からの手紙。ああ、このときほど手紙というものがありがたいと思ったことはなかった。私はすぐに封を切った。今度もなつかしい彼の文字が連ねてあった。そこには簡単に安否の問いと近況が書かれていた。それによると、秀樹さんはまだ独身であり、今度はブダペスト営業所の所長として近く赴任するということだった。ブダペストならウィーンから遠くない。私にはなにか天から救いが来たかのような気がした。今度こそ、そう今度こそ、私は彼を大事にしよう。この善良な人はまだ私に愛想をつかしていない。手紙は前回よりも短いし、文面も報告調でややそっけないけれど、私が彼にたいしてとった拒否的な態度を思えば、当然だ。手紙をくれただけで感謝しなければならない。私はすぐに返事を書いた。

この手紙からまたひと月後の二月中旬、秀樹さんが訪ねてきた。私は空港に彼を迎えた。

「お久しぶり。お元気そうでなによりです」

「史子さん、お迎えありがとうございます」

「ご無沙汰していてごめんなさい」

「それで、いまお体はどうなのですか」

「薬のせいで、食欲もないし、このとおりだいぶやせたけど、ちゃんと生活しています」

「そう、お手紙には驚きました。大変だったのですね。何度も読んで、あなたがつらい日々を過ごしていることを思って、すぐにでもとんでいきたかった」

私は胸が熱くなった。

「ありがとう。そんなことをいってくださる人はあなたしかいない」

私たちのタクシーは三十分ほどで十九区のホテルに着いた。秀樹さんはここに四日間滞在することになっている。私の住まいからも遠くない。

私たちはホテル内のカフェに入った。外は寒く、空は暗く、いまにも雪が降ってきそうだ。けれども店内ではセーター一枚あれば充分なほど暖かい。コートをがっしりした木製ポールハンガーに掛け、私たちはテーブルについた。夕食の時間だった。彼はサンドイッチを注文したが、私はケーキだけでいい。

私たちはつもる話があるはずだったが、どこから話したらいいやらわからないまま、私の病気のことが話題の中心になった。なるべく感情的にならないように、つとめて冷静に自分の状態を伝えるつもりだったのに、いざ秀樹さんとむかいあうと、私は涙があふれ、話せなくなった。近くの席の若い女性が私のほうを見ているのに気づいたが、私は意に介さなかった。もう、そんな小さなことはどうでもいい。秀樹さんはじっと耳を傾けていた。病気になって初めて私は、ここまで話を聞いてくれる人がいるということがどれほど得がたいことか知った。これまで経験しなかった心細さにゆれたこの数か月のあと、私はいま秀樹さんに心底頼れるのだということを身にしみて知った。そういう人を私は何度も遠ざけてきた。自分の精神という小さな城を守るために。ほんとうに、なんという愚かなことだったろう。はるかかなたの幸いに憧れるばかりで、すぐ手もとにあるそれをとり逃がす。私はそんな生き方をくりかえしてきたのだった。あの人生の孤独な傍観者、死のまぎわに一瞬明察を得ながらも、すでに時おそく死んでいった痴人クラウディオのように。今度こそ、そう、今度こそ、私は目のまえにいるこの人にたいしてもっと親身にならなければ。

こみあげる感情によって私は何度も言葉につまった。コーヒーはとうに冷めていた。

翌日の夕べ、秀樹さんは私の部屋に来た。部屋に入ると、彼はなつかしそうにあたりを見まわし、窓辺によってすっかり暗くなった外を眺め、「ヴェルトハイム公園も一年ぶりだ」といった。公園入口の屋敷の窓からほの暗い灯りが漏れている。カーテンのむこうでときどき人影が動くが、それがだれなのかわからない。

私は簡単ながら、和食をつくった。食事中、彼は東京での暮らしについて話してくれた。自分にはとくに大きな変化はない。あいかわらず独り暮らしをしているけれど、ただ会社中心の毎日で、日曜日さえよくゴルフにつきあわなければならないのが、こちらとちがう。今度はまた海外勤務だが、すでにウィーンにいたので、ブダペストはさほど苦にならないと思う。同じハプスブルク帝国の町だし、オペラやコンサート、さらには食べ物さえも傾向が似ているし。それに、このあいだの手紙では、また会えるようだし、今度来るときは車を運転してきたい。もし私の体調がよければ、近くをドライブもできる。きっといい気晴らしになると思う、と彼はいった。

秀樹さんは煮魚、豆腐とお味噌汁だけの夕食を喜んでくれた。食後、しばらく話したが、どちらかといえば沈黙が多かった。それでも長い知り合いなので、沈黙もまったく苦にならなかった。私はアルコールを絶っているが、彼のためにブルゲンラントの赤ワインを用意した。彼はそれを賞味した。ブルゲンラントはもうハンガリーと国境を接している。ハンガリーのワインもこんな味なのだろうか。ともあれ、私は彼と一緒にいるだけで、寂しさにさいなまれずにすむ。もうそれだけで、ありがたかった。じっさい、このまま泊まっていってほしいという言葉まで出そうだった。彼が近くにいてくれるだけで、これほど心が平安になるのだ。十一時頃、彼は私の目を見ながら手をしっかりとにぎり、近くのホテルに帰っていった。

秀樹さんは月に一度ウィーンに来るようになった。今度は私のほうがその日を楽しみに待つようになっていた。彼はいつも、かつて住んでいた地区の同じホテルに三泊する。毎回ウィーンの支店に行って、打ち合わせをするが、それは一日ですむので、あとは私とのプライベートな時間だ。彼は私の生活ぶりを見るうちに、以前よりも余裕がなくなっていることを察知したようだ。遠からず私は年金受給者になるが、額はけっして多くないことを彼は知っている。勤め先も数年で辞めることになっていた。秀樹さんはまた以前のように控えめな口調でなにくれとなく援助を申しでた。以前とまったく変わらないそんなデリカシーを私はうれしく感じた。感情や情念の激しさこそないが、それを彼に求めるつもりはもう私にはなかった。むしろ春の穏やかな陽ざしのようなぬくもりを、いまやいっそう彼に感じ、それがとても心地よかった。こうして、ゆるやかな交際の一年が過ぎつつあった。私はこのままいってほしいと願った。

ああ、しかし、人間の運命というものはいったいなんだろう。それは幸いをもたらすこともあるけれど、不幸をもたらすほうが多いのではないだろうか。それとも、捨てる神あれば拾う神ありというように、幸いと不幸は、長い目で見れば、交互におとずれるのだろうか。

手術を受けてから一年が過ぎた秋、定期検査でガンがリンパ節に転移しているのがわかったのだ。私はそれまで順調に快方にむかっているようだと知らされていた。不安がわずかながらも消え、秀樹さんも月一度訪ねてくることで、心にまた落ちつきが生まれかけていた。そんなやさき、芽生えかけていた希望がまた無残にも折れるとは。運命は残酷だ。足元にふたたび暗い穴があいていた。それはまえよりもいっそう大きくなって、いまにも私を呑みこもうとしていた。私は、もうだめだ、もう耐えられない、と心のなかで叫んだ。いったい、私はどんな悪事を犯したというのだろう。どうしてここまで苦しめられねばならないのだろう。病院から帰って、私は部屋でむせび泣いた。もう涙が出なくなるまで泣き続けた。どうしたらいいかわからなくなって、私は秀樹さんに電話した。それ以外になにもできなかったから。しかし、電話はつながらなかった。

一睡もせずに朝を迎えたが、私の頭はさえきっていた。九時になって、私はまた電話した。すがりつく思いだったが、携帯はやはりつながらない。そこで事務所にかけたところ、事務の女性がハンガリー語で社名を名乗った。私はドイツ語で、秀樹さんを呼んでほしいと伝えると、まもなく彼が出た。その穏やかな声を聞いたとたん、私はわっと泣き崩れた。ただならぬ様子を感じた彼はすぐに自分の携帯からかけてきた。私は事情を伝えたが、多忙な彼にウィーンに来てほしいとはいえなかった。それでも彼は都合をつけて、翌日訪ねてきた。

秀樹さんは部屋に入ってきた。心配そうに私を見た表情は、やさしく、憐《あわ》れみに充ちていた。

人間の弱さをよく知る人の深い憐憫《れんびん》と共感の表情だった。そこにはなんというあたたかさがあったことだろう。それを見た私はまたわっと泣き崩れて、彼に抱きついた。彼は私の髪をなで、頬をなでた。彼はじっと私の目を見ながら「一緒に苦しみを担っていこうね」といった。私はただ「うん」とうなずくだけであった。その夜、彼はホテルではなく、私の家で過ごした。私をひとりにしてほしくなかったからだった。彼は仕事部屋に置かれたソファで眠った。夜中、私は何度も起きて、彼がいるのを確かめた。そのたびに安堵してまた眠った。

手術は翌月に行われ、今回は秀樹さんも付き添ってくれた。彼はそのために休暇をとって、一週間ウィーンにいてくれた。術後も毎日、病院に見舞いに来てくれた。ようやく退院したあと、私は彼の車で家に戻り、すぐにベッドに横になった。疲れていて、外に出たくなかった。買い物や洗濯、食事づくりなどを彼は嫌な顔ひとつせずにすべてこなした。私はそんなかいがいしく働く姿をベッドから眺めながら思った。この人はこのまま独身でおわってしまうのだろうか。それはかわいそうだ。私の存在が結婚を妨げているなどと考えれば、それはうぬぼれというものだろう。しかしこんな善良な人が生涯独りで過ごすことは気の毒だ。もっと元気になったら、一度そのことを話しあったほうがいいかもしれない。これまで私は自分のことしか考えなかったけれど、いまは私のことは脇において、この人の今後について話しあうべきかもしれない。

そう思いながらも私のなかに、それまであえて考えようとしなかった願望が抗いがたくなってくるのを私は意識した。それは秀樹さんと結婚したいというはっきりとした願いだった。ただ、彼のほうは、いまどう思っているのだろうか。このまま彼は白馬の騎士に徹するつもりかもしれない。だって、あのとき私は彼の不器用なプロポーズを拒絶したのだから。

術後の体力減退が徐々に克服され、私はゆるゆると家事ができるようになった。大きな買い物は秀樹さんがときどき車で来て、やってくれる。一日中部屋に閉じこもっているわけにもいかないので、天気がいいと近所を散歩する。昨日はヴェルトハイムシュタイン公園を歩いた。まだ疲れやすく、一時間ほどで戻ったが、まだ三月に入ったばかりというのに、初夏を思わせるほどだった。庭にはしばらくまえからスノードロップの可憐な白い花が咲いていた。公園では木々がいっせいに芽吹き、早い葉をつけはじめているものもあった。窓の外では朝早くからシジュウカラや黒ツグミが来てにぎやかに歌い、リスも窓辺に毎日訪ねてくる。ウィーンの森はいまや人でいっぱいだろう。そこへ行くにはまだ体力に自信がないが、来月には行けるだろうか。そうしたら秀樹さんとお弁当をもって森のなかや草地をハイキングしよう。たっぷりと陽に浴してまた元気にならなければ。

秀樹さんによって支えられながら、私はしだいに回復していった。それでも私の「執行猶予」の不安定な感覚は続いていた。秀樹さんにはいわなかったものの、私は毎日不安のうちにいた。

この間に、ある出来事をきっかけとして、心に小さな変化があった。

あれは三月中旬の暖かい日のことだった。私はこれまでにも散歩の途中よく入ったグリンツィングの教会に立ちよった。聖堂脇の天然記念物のようなナラの大木はまだ葉もなく黒々と立っていた。外の陽ざしは暖かくても、聖堂内の空気は冷たかった。私は木の椅子に座って、しばらく正面脇の聖母像を眺めていた。取り澄ました顔ではなく、どこか素朴な愛らしい表情の聖母だった。しばらく眺めているうちに、ふと私のなかにひとつの旋律が流れてきた。それはカッチーニの「アヴェ・マリア」だった。あのいいようもなくやさしい旋律、この世を旅する人間のすべての苦しみを穏やかなほほえみのうちにつつんでくれる聖母への敬愛と信頼がしたたるような旋律だった。聖母はこれほどまでにやさしく私を見守っていてくれる。そう思いながら聖母を見たとき、思わず涙が出そうになった。それに続いて、かつてミュンヘンでみかけた、やはり聖母にむかって祈りを捧げていたあの黒衣の女性の熱い心がきわめて親しく思いだされた。

このとき私は視線を感じた。斜めうしろからだれかが私を見ているようだった。ふりかえると、ひとりの修道女だった。よく見ると、ペトラ宅のパーティで会った聖心会のシスターだ。その後二度修道院に彼女を訪ねて以来、もう五年も会っていなかったが、たがいに相手がすぐわかった。私はひどくなつかしい気持ちになって、ただちに近より、彼女に腕をのばして、私たちは抱きあった。

たがいの健康状態について伝えあったとき、彼女は私が手術したことについてとてもあたたかい言葉をかけてくれた。そのドイツ語の真率な響きに心地よく耳を傾けながら、そうだ、ウィーンにもうひとり励ましてくれる人がいるのだ、と私は思った。

私たちは近くのカフェで昔話《メルヒェン》について語りあった。共通の話題だったからである。シスターは、いった。

「昔話の主人公は孤独なのね。たったひとり、自分だけに課された運命を背負い、流謫《るたく》された者のように行き先も知らずに、どこまでも旅を続けなければならない。手無し娘や『七羽のからす』の娘、『ホレのおばさん』の継子や『星のターラー』のとぼとぼと森をゆく少女は、みなそのように生きてゆくのよね」

それを受けて私はいった。

「そのうえ彼らにとっては死が近い。死は生のすぐ隣にあるのだと私は思う。死にさらされて、彼らは細い道をただひたすら進む」

ちょっと思案したあと、シスターはいった。

「ほんとうにそうね。そして、そのような人知をこえた力にさらされ、それにたいして自分を開いて生きるなかで、思いがけず彼らに恩寵《おんちょう》があたえられるのね。大切な助力者との出会いや生活の支えというかたちをとって。彼らにはあふれかえる自信もないし、打算もない。どうしようもなく行きづまって、人をこえる大きな存在にたいして、ただ祈り、自分をゆだねるときに、まったく予期しない恵みがあたえられ、新しい世界が開かれる」

私は日本の昔話の例を出した。醜いたにしである夫が薬師仏への妻の祈りによって一瞬にして立派な若者に変身する「たにし長者」、また地蔵への祈りと情け深い行いによって恵みを受ける

「笠《かさ》地蔵」の例を。シスターはその話を知らなかったが、私があらましを話すと、しきりにうなずき、感慨深そうにいった。

「祈りの対象は宗教によって異なるけれど、祈る心はみな同じなのよね」

三十分ほどの会話に疲れたため、私はシスターと別れて、家に帰った。そのままベッドに入り、いましがた交わした会話を咀嚼《そしゃく》しながら考えた。

祈るためには人は独りにならなければならない。あのミュンヘンの女性にしても、私の母にしても、祈りのひととき、人は孤独になり、魂の次元に生きる。地位や名声、学歴や富といった社会的な安全装置をひとまず棄却し、超越的なものにみずからを開きゆだねること。それが祈りだ。遍路に出かける人々はそうした装置に保護された生き方を忘れ、死出の白装束をまとうが、そうすることによって、この孤独な、ほかのだれも代われない「死」という出来事にたいして象徴的に備えをするのだ。そして、祈りもそれに似た行為だ。

孤独の究極にあるもの、それは絶望と祈りだ。しかし、この二つは逆方向をむいている。祈りにおける孤独は情緒的な意味での寂寥ではまったくない。逆に、あくまでも人が真の安らぎに生きる原点なのだろう。

彼ら、昔話の主人公たちの生き方、死にさらされながら涙の谷を旅し、そして最終的には喜びと愛に生きるすがたは、ただの夢物語のそれではない。彼らは、現在においても、寓意《ぐうい》的・象徴的に私たちの生き方を示しているのではないか。死を間近に見つめてひとり生きている私自身に、それはまさにあてはまるではないか。そして思えば、運命に翻弄されて生きてきたあのケーテもそういう生を送ってきたではないか。私は昔話を研究していながら、そのような主人公の生き方を現代に無関係なファンタジーと考えていたこれまでの読みが、いかに薄っぺらだったかを知った。

私はシスターがいった言葉を思いだした。「あとになって振り返ったときに、自分が大きな手によって導かれてきたと知らされるのね。たとえ当初は災いとしか見えなかったことも、その一環だったことが」という言葉を。振り返ってみれば、秀樹さんとの出会いは恵みだったのかもしれないし、そればかりか、挫折や病気もふくめて、私の人生のひとつひとつの出来事が、目に見えない世界にまで拡がるこの途方もなく広大な世界劇場のなかで、なにか大きな力による導きだったのかもしれない。

そう考えたときだった。まったく唐突に、私のなかにある衝動が込みあげてきたのだった。このじつに激しい衝動は私の理性をただちに打ち負かした。それは、「ああ、祈りたい」という思いだった。なぜ、そんな思いが込みあげてきたのか、まったくわからない。ただ、私はその思いに圧倒されたのだった。それは、私たちの理解をはるかにこえる、シスターのいう「摂理」につながりたいという願いだった。そして、私は、初めて祈った。そう、祈ったのだった。じつにたどたどしい祈りだったが、シスターに教わった目に見えぬ存在、われわれを支え導くと彼女が信じる存在にたいして祈ったのだった。「もしも許されるなら、もうすこし私を生かしてください。秀樹さんとしあわせになるために」と。

私は毎月検査を受けていたが、できるだけ悪いことを考えまいとした。とくに、秀樹さんが二週に一度来てくれることがどれほど力になっていたことだろう。彼がいってくれたように「一緒に苦しみを担う」人がいてくれるということはなんとありがたいことだったろう。たしかにあのフランツもそういう人だった。ただ、あのとき私は健康で、自分の力で生きてゆく強い自信があった。だが、いまはちがう。人はそんなに強くはないのだ。

それにしても、こうして何度も顔を合わせながらも私たちふたりは決定的な言葉、結婚という重い言葉をいいださなかった。それをいうことによって、私たちはいまのような緩やかな交際を断たれてしまうかもしれないという漠然とした不安からだった。男女の交際はいつおわることも可能なのだ。いつか彼が去ってゆく日がくることを私は恐れていた。いまの状態がずっと続いてほしい。ずっと。また別れるなど、つらすぎる。

しかし、五月のある日、食事のあと、彼は会社の指示を私に伝えた。「史子さん、じつはこの夏、また帰国しなければならないようです」と。ブダペストに来てからまだ一年半しか経っていない。帰国が命じられるのは早すぎる。私は言葉を失った。全身の力が抜けて、自分がふたたび深い穴のなかへ吸いこまれてゆくような気がした。いったい、どうやってこれから不安の毎日を乗りきればいいのだろう。また病の不安と寂寥にさいなまれる日々に戻るのか。心が弱くなっていた私の目に涙があふれ、頬を伝って流れた。やっとのことで、私は言葉を絞りだした。

「そうなの」

秀樹さんは私の落胆した表情を見て、すまなそうにいった。

「こんなとき帰国というのはほんとうに心苦しいけれど」

「仕方ないわ。お仕事ですもの」

こういったとき、ふと私のなかに、私のほうが日本に帰ってもいいという考えが浮かんだ。そして、それを口にしようとしたとき、秀樹さんがいった。

「ただ」と彼は慎重な口調でいった、「これは一時的な帰国であって、しばらくすれば、それがいつかはまだわかりませんが、また海外勤務になるかもしれません」

「そうですか」

「そうなれば、ウィーンにも来られるかもしれません」

落胆の直後にさっと一筋の光明がさした思いがした。そしてこのとき、それまでになかったほど、私はこの人と離れて暮らすことはできないという思いにかられたのだった。

「またウィーンに来られますの?」

「史子さんが望めば」

「うれしいわ。そうしてください。そうなれば、私どんなに心強いか」

「そうですか」

「ええ、ほんとうに。私はこれまであなたに冷たくしてきたことを心から後悔しています」

「そうですか。僕もいろいろ不用意な言葉を投げかけてあなたの感情を害したことを反省しているのです」

「反省ですって。私こそ、あなたのたくさんの善意に応えようとしなかった。薄情にわがままに接してきたことをとても申し訳なく思っています」

「史子さん、僕はあなたのことをずっと大事に思ってきました。その思いが変わったことはありません、一度も」

「なんてやさしい方なの、秀樹さんは」

私はそういって秀樹さんの手をとった。彼は私の手をしっかりとにぎり返した。

「史子さん、僕はこれからもあなたとずっと一緒にいたいのです」

「私も。あなたがいてくださるだけで、私はまた生きられる気がします」

彼は深く心を動かされたようだった。それから、決心した口調で、はっきりといった。決定的なひとこと、もう後戻りできないひとことを。

「史子さん、僕と結婚してもらえませんか」

私は彼の目を見た。強い真剣なまなざしだった。

即座に私は答えた。

「わかりました、こんな齢の私でよければ。うれしいわ。あなたがそこまで私のことを大事に考えてくださって、私はとてもしあわせです、とても」

「史子さん、やっとこの日がきました。しあわせです、僕も。僕はもう二度とあなたを離さない」

「秀樹さん！　ずっと、ずっと、一緒にいてください」

「ああ、かわいい人、なんてかわいい人だろう！」

「ああ、これほどしあわせに思ったことはありません」

そのまま秀樹さんは私を居間のソファにいざなった。その上で私たちは抱きあい、接吻を交わした。熱い接吻だった。私はとろけるような思いで彼にすべてをゆだねていた。

終章　回想のおわり――いぶし銀の光のなかで

　このヴェニス以来の体験のあと、私たちは結婚を前提とした交際を続けるようになった。八月、秀樹さんは帰国した。私はその頃には体力も出てきたので、買い物も少量ならできるようになっていた。ただ彼のいない日々はやはり虚しく、食事の時間も短かった。それでもなるべく外に出ることを心がけ、公園の散策やカフェ通いをはじめた。秀樹さんは多忙なようで、なかなかウィーンまでは来られないが、電話は欠かさなかった。二日に一度、夜十一時にかかってくる。短くてもそれだけで私には励みになった。

　しかし、年があけた二月のある日、私は思いがけないことを伝えられた。五日間なにも連絡がないので、不安に思っていたときだった。

「檜山です」。なぜか声が弱い。

「こんばんは。声がいつもとちがうようだけど、なにかありましたか」

「いやあ、入院したんですよ」

「え、どうして」

「ひとりで部屋にいるときに、急に心臓が痛くなって、自分で救急車を呼んで」

「それで」

「心筋梗塞でした。すぐに手術され、いまになって、やっといくらか話ができるようになりました」

私はなんといったらいいかわからないまま、いった。

「その後の容態は？」

「処置が早かったので、命拾いしました」

「よかった」

「ただ、無理は禁物で、仕事でもストレスをためないようにといわれました」

「そうでしょうね。秀樹さんはがんばるから」

「ところで今日、いつも僕に目をかけてくれている取締役の人が見舞いに来てくれて、元気になったら、また海外転勤も可能だが、どうする、とききました」

「それでどう答えたの」

「もし元気になったらそうしたい、と答えました」

「でも、また海外では体に障らないかしら？」

「いや、彼がいうには、来年にはウィーン支店にあまり激務ではないポストを用意できると」

「なにか特別なポスト？」

「そう。僕はけっこうウィーンやブダペストで人脈をつくってきたので、会社はそれを活用して、部下にも僕の交渉経験を引き継ぎたいらしい」

「そうなんですか」といって、私はここで自分の考えを伝えるべきだと思った、「じつは私は考えていました。私のほうが日本に帰ってもいい、そのほうが秀樹さんにとっていいのではないか、と」

「そうですか。ありがとう。でもね、史子さん、僕はウィーンが好きなのですよ」

「そうだとしたら私もうれしいですが」

「ふたりがウィーンに住めば、あなたも仕事を続けられるし」

「そこまで考えてくださって、ほんとうにありがたく思っています」

幸いにも、秀樹さんの経過は順調で、退院後しばらく静養し、それから一年後ウィーンに来た。今年の春先だった。彼を空港に出迎えた日はまだ寒かった。せめて明るい色のものを身にまといたいと思った私は、黒革のジャケットの下に真っ赤なセーターを着て、手首にはしばらくぶりにミヒャエラ・フライのピンクのブレスレットをつけた。首にはいつものスカーフを巻いた。時間通りに到着ロビーに現れた彼は厚手の黒い外套を着て、愛用のダークグレーのボルサリーノをかぶっていた。思ったより元気そうで、にこやかなほほえみを浮かべながら手を振った。私たちは軽く抱きあって、再会を祝った。

私たちはその夜ゆっくりと話しあった。時差のため秀樹さんは眠いはずなのに、私につきあってくれ、私と別れたのは十一時を過ぎていた。

それからしばらくはホテル住まいをしながら住居を探すことになった。私たちは毎日夕食をともにし、彼が休みの日は一日中一緒に過ごした。早くひとつの家に住めるようになれば、生活も楽なのに、と私たちはよく話したものだが、私たちがこだわっていた、窓から大きな木々の見える家はなかなか見つからなかった。ひとつドナウ河畔の二階建ての庭つき住宅が売りに出ていたので、見に行ったところ、背の高いポプラや柳に囲まれた環境は抜群だったものの、洪水になれば一階が水没するリスクがあるというので、断念した。あと数年で彼も完全にリタイアするだろうから、高額な家を購入するのは無理だし、賃貸にしてもあまり高い家賃は払えない。

そう思っていたとき、私の住まいのすぐ下の階が空くということがわかった。そこに住んでいる若いカップルと世間話をしていたときだ。私はそのオーナーに電話して確認した。こうして秀樹さんが到着してから三か月後、彼は私と同じ建物に住むことになった。部屋のつくりは大体私のものと同じだった。居間と寝室に加え、私のほうにはない小さめの部屋がひとつあり、それにキッチンとバス・トイレだ。それに屋根裏部屋もひとつ自由に使えることになった。キッチンやバスは二つはいらないが、仕方ない。私たちが眠るベッドは私の寝室に置くことにした。なによりも移転によって私が部屋を変える必要がなくなったことがうれしい。それというのも、部屋からの眺めを私は四季折々に楽しんできたし、私の内的世界がその眺め、この部屋と密接に結びついていて、それは長年月のなかに形成された私の心の空間とさえいえるからだ。秀樹さんもその点は理解してくれた。

秀樹さんは自分の思いをべらべら話す人ではない。無口というのではないけれど、必要以上の言葉の濫用を好まない。そんな彼の心のうちを、私はふと覗いてしまったことがある。先日彼の部屋の掃除をしていたときのこと、机上に厚い大学ノートがあった。つい開けてしまったが、それは日記だった。そのなかにつぎのような文章を見つけた。比較的長い、エッセーのような記述だった。

やっとまたウィーンに来ることができた。史子さんが空港に迎えてくれた。しばらくぶりに見た彼女は思ったよりも回復しているように思えた。よかった。住まいはこれからじっくりと検討することになった。だが、しばらくはここに住むことになりそうだ。これから史子さんとの結婚生活が始まると思うと、それなりの覚悟が必要だ。もうすぐ籍も入れる。やっと訪れた共住の機会だが、僕たちはこれから幸せになれるだろうか。

結婚について思うとき、つねに三十五のときの経験が想起される。僕はRとの結婚を目前にしていた。しかし悪夢のような出来事ですべてが変わってしまった。あの事故のあと彼女は一週間、生死の間をさまよっていた。彼女は病院のベッドの上で僕の目を見て必死に訴えていた。生きたい、幸せになりたいと。そう、うわごとにも言っていたと看護婦から聞いた。その後、いよいよ意識が薄れてゆく直前の顔はなんと寂しそうだったことか。僕はあれほど悲しそうな彼女の顔を見たことがない。短いあいだ意識が戻ったとき、頬を紅潮させ、僕の目をじっと見つめた彼女は、僕の手をしっかり握って離そうとしなかった。ありったけの力をこめて彼女は僕の手を握っていた。そして「行かないで、私をひとりで旅立たせないで」と、か細い声で哀願したとき、僕は心で泣いた。そのあと廊下に出て慟哭《どうこく》した。人が彼方へ去ってゆくのを何もできずに、ただ見つめねばならぬことがどれほど耐えがたいことか、そのとき僕は知った。一緒に行ってやれなくて、ごめん、ほんとうにごめん、と僕は何度も言った。

数年後、オペラ「椿姫」を見た。高等娼婦ヴィオレッタはアルフレードを純愛するが、その幸せもつかの間、彼の父から娘の結婚にさしつかえるので息子と別れてくれと迫られる。失意のうちにアルフレードのもとを去った病身の彼女は、もう自分の最期を予感している。死の不安と、生まれて初めて本気で愛した人のもとを去らねばならぬという、この二重の悲哀に彼女の胸は引き裂かれる。そのとき歌うアリアの最後に、彼女はアルフレードに対して短く「私を愛して、アルフレード、私があなたを愛しているのと同じだけ私を愛して。さようなら」と歌う。有名な主題旋律に乗せて。ああ、それはなんと悲痛で万感の思いが込められたパッセージだったろう。これを聴いた僕はRの哀願を思いだして、思わず突きあげる悲しみに胸がつまった。

僕は史子さんに誠意を尽くさねばならない。あのような死別を経験した後、どうして大事な人と軽薄な交際ができるだろうか。あのとき僕はいったん死んだのだ。それ以降すべてのものが、仕事も、地位も、交友も、すべて無価値に思えた。その感覚は今も失せてはいない。

今思うと、先ごろの発作のときも僕は死の淵まで行ったのかもしれない。救急車で運ばれてから手術を受けるまでのあいだ、しばらく意識がなくなった。それでもなお記憶にあるのは、自分が目も開けられないほどまぶしい光のなかにいたこと、それまで経験したこともない、いいようもない心地よさを味わっていたこと、また、このままRが待つところに行くのだとはっきりと確信していたことだ。あとで医師から、それは死の淵をさまよう人がしばしば経験することだと言われた。

僕はこうして二度も死を間近に見た。今、あらためて思うことは、本当に価値あるものなど人生にいくつもないということだ。この国の社交界に見られるようなエレガントな恋愛遊戯？どうでもよい。もっとも尊いものを奪い取る残酷な死に直面したことがない人間の耽美《たんび》主義、快楽追求。そんなことに僕はなんの関心もない。

史子さんと出会うまでの僕は、内心の激しい虚無感をいくえにも封印し、ひたすら心の安定した社交的なビジネスマンを装って生きていた。決して自分が傷つかないように、出会う人に対してつねに壁を築き、距離を保ちながら暮らしてきた。しかし、史子さんはそんな仮面のように閉ざされた僕の心に命の風を吹き込んで、僕はまたかつてのような心の躍動と不安、しびれるほどの恋情と懊悩《おうのう》を経験することになった。彼女は僕に再び人間的な生を可能にしてくれたのだった。

そして、いま思うのは、僕たちの愛が死と拮抗《きっこう》できるほどの愛になりうるだろうか、ということだ。死にゆく人が愛する人と天国での再会を約束しつつ去ってゆくような愛にいたれるだろうか。僕たちの愛はそこまで深まるだろうか。僕は自分をそこまで鍛え、高められるだろうか。僕はこの一点にしか関心はない。


私は日記をそっと閉じた。私は初めて知った。この人もつらい経験をしたのだ、この人の深いやさしさはそこから来ているのだ、と。厳しい運命に打たれたことのない人は、やさしくなれない。人間は弱いものだということがわからないから。私はこの人を誤解していた。何事にも冷静な、情に流されることのない人だと思っていた。女性に優雅に仕える騎士だと思っていた。しかし、そうではなかったのだ。その核心に激しい情を秘めた人なのだ。情、そして、つきない誠意を。こういう人を私は何度も冷たくあしらってきた。病気になるまでは。私はなんという自己愛の塊だったのだろう。

いや、自己愛は克服などできないものだ。だれもそれによって生きているし、それは生物の生存本能なのだ。私もいままでそれによってこの地に生きてきた。「和の精神」の通用しない個人主義の世界で、絶えず自己主張をして、仕事を得て、自律してきた。強固な自己愛がなければ、私はとっくにつぶれていただろう。いまもなお、私の心はときおりゆれる。秀樹さんへの思いと自己愛とのあいだで。考えてみれば、私はつねにゆれてきたのかもしれない。

私はいま、彼の心の深さに応えることができるだろうか。しかし、思うに、他人を容れる余地のない自己愛などなんの価値もない。犠牲を払わなければ、愛することなどけっしてできない。自分の大きな部分を相手にゆだねること、私にいちばん欠けていたこのことを私は秀樹さんにたいしてしなければならない。自身の死の淵を垣間見たとき、私はやっと心からそう思えるようになった、そう、やっといまになって。

入籍と時を同じくして一緒に暮らしはじめてから、私はいっそう夫のさまざまな面を知るようになった。しかし知れば知るほど、私にとってこの人は特別な存在だと思うようになった。人生の時間はどんどん流れてゆく。ごうごうと、さやさやと、音をたてて。もしかしたら私の病気も進んでいるかもしれない。秀樹さんにたいしてその話題はださないが、彼がいちばん気遣っているのはそのことだと感じる。それは人間にはどうにもならないことだ。人の生は、誕生から死にいたるまで、すべてあたえられたものなのだから。ただ、秀樹さんとの交際のなかで私はあのいいようのない暗い空洞、心身を刺しつらぬく寂寞と死の恐怖から這《は》い出ることができた。秀樹さんがいなかったら、私はいったいどうなっていただろうか。それを思うだけで恐怖が走る。異郷で貧窮のうちにだれからもあたたかい言葉をかけられずに死んでいくほど悲惨なことはない。そう、しみじみ思う。

なによりも、愛されるということの安らぎを私は知った。あるいは、ケーテが生きてきたような、孤独のうちなる凄絶な闘いを私は放棄したのかもしれない。しかし、それでもいい。いま隣室に眠る人を幸いにすることによって、私はそれ以外では得られない安らぎを得られたのだから。

ときどき私が夢を見るようになったこともつけ加えておこう。秀樹さんがふっと世を去ってしまった夢を。そんなとき、私が「秀樹さん！」と叫んだと、目をさました彼がいう。私は額にべったり汗をかいている。「ああ、夢だった。よかった」といって、ほっとした私はまた寝入る。じつに、地上の生は短く、幸いは短い。それはほんのつかの間にすぎないと思う。それでも、私は、それがもうしばらく続くことを願う。それ以外に、私になにが必要だろう。

私は秀樹さんを愛している。いままで出会っただれよりも。思うに、愛する人がいるときに、孤独は寂寥や孤立とは別のものになる。だれもが自分だけの過去を背負い、その人だけの現在を生きる。愛しながらもそのように孤独であり、孤独でありながら愛しあうこと。それが根無し草《デラシネ》であることをこえてゆく道ではないか。

デラシネ。それは地理的な意味だけではない。それはだれをも愛せない魂の孤絶のことだ。自分を求めて長いこと森をさまよったあと、だれかを愛し、愛されるよろこびのなかにしか、自分が故郷を、存在のよりどころを、もてないということを、私はいま骨の髄まで感じるようになった。そして、その愛にしても、凄絶な孤独と対峙《たいじ》して鍛えぬかれた激しい愛というよりも、感受性のこまやかだった私の母から受けつぎながら自分のなかに流れている、やさしく繊細な情調のうちにゆれ動く愛なのだろう。秀樹さんにたいして私はそれを選んだのだ。

つい最近の朝のことだった。出勤まえの秀樹さんはいつものようにパンにバターとスグリのジャムをつけ、濃い目のコーヒーを飲んでいた。気分もかなり回復していた私も同様の食事をとった。

「ねえ、あなた、今日はひなぎく寿司で夕食しない?」と私はいった。

「ああ、いいよ。あのオーナー夫妻とも会いたいし、うまい日本酒も飲みたいし」

「あそこではほんものの日本のお寿司が食べられるしね」

「この一週間ひどく冷えるようになったけど、あそこのアラジンの薄緑色の石油ストーブ、もう出ているだろうか」

「この頃あまりあんな丸いストーブは見かけなくなったわね。まえはよく見たけれど」

「それにしても、史子、よかった。また顔色もずいぶんよくなって。きみの雰囲気も明るくなった」

「そうね、この三年間病気の進行が止まっているようだし」と答えながら、私はいった。「あなた、ねえ、気がついたかしら、私はね、あなたに会うまえからずっとのしかかっていた憂愁のようなものからね、なんだか最近解放されて、気持ちが軽くなった気がするの」

「そんなに長いこと憂愁があったの? じっさいウィーンらしいね」

「ええ。そうなの。ウィーン的憂愁ね」。私は続けていった、「それにね、創作意欲なんてすっかりなえていたから、こんなふうに仕事をしたいという気力が生まれてくるなんて、予想もしていなかったのよ」

「そうなの。ずいぶん前むきになれたのだね。よかった。でも、きみはがむしゃらなところがあるから、あまり無理をしないように」

「あ、ところで」と私は急に話題を変えていった、「あなたがまえにいっていた『運命の女性《ファム・ファタル》』はその後どうなったかしら」

「え？」と秀樹さんは怪訝そうな顔をしていった、「なんのこと？」

「ほら、あなたが昔ヨーセフシュタット劇場の幕間にいったことよ、いつか私をそのファム・ファタルに紹介するっていってたでしょ」

「そんなこといったっけ？　きみはほんとうによく昔のことをおぼえているね」

「女はね、記憶の深い引出しをもっていて、いつでも必要なときに昔のことを出してこられるのよ」

「ハハハ、思いだした。たしかにジョークでファム・ファタルといったかもしれない。本来は男に不運をあたえ破滅させる女のことだけど、思えばその人は男に幸運をもたらす人だったよ」

「そう、その人はいまどこにいるの」と私もわざと戯れていった。

「ハハ、その人ならいまもすぐそばにいるよ」と、笑いながら答えたあと、いった、「じゃ、今夜七時にひなぎくで」

「ええ、楽しみだわ。じゃ、行ってらっしゃい」

そして秀樹さんは会社にむかった。私は依頼された翻訳にさっそく取りかかった。

この長い回想というか手記をはじめた冒頭の夜から一週間が経った。昨夜はまた空模様が急転し、明け方までごうごうと風と雨が吹き荒れた。朝、大学に行く途中、私は市庁舎横の公園を歩いていた。あちこちに風で折れた小枝が散らばっている。あたかも嵐によって大地が浄化されたかのように明るい陽ざしが充ちあふれ、プラタナスの大樹もきれいに洗われて、小枝には水滴がきらきらと輝いている。私が自然の美しさにここまで魅せられたのは久しぶりだった。空気は冷え冷えしているが心地よい。私は立ちどまり、近くのベンチに座った。大きな円形の噴水からは勢いよく水が噴きあがり、市庁舎の高い塔の上に拡がる秋の空は碧く透明で、そこをゆっくりと白い薄い雲が流れてゆく。私はじっと空を見つめ、雲の流れを目で追った。空からはウィーンらしい薄絹をとおしたようにやわらかな光がそそいでいる。光は、あたかも無数の銀色の鈴の音《ね》が顫動《せんどう》するかのように、子供たちのやさしい合唱が高みから鳴り響くかのように、さらさらと降りそそいでいる。そして、そのいぶし銀のような澄明な光が波のようにひたひたと私のうちにも充ちてくるのを感じた。私は自分をひどく小さな存在に感じ、自分がこの無辺際な空間とひとつになってゆくような気がした。それは、しかし、以前に経験したような恐れではなく、純粋な喜びであった。いいようのない無限になつかしい思いであった。私は泣きたくなるような感動に見舞われて目を閉じた。そして、あまりの心地よさに、いった、「これはなんだろう。ああ、生きているということはなんとすばらしいことかしら！　このままここで生きていたい！」。

いまは夜の十時。明日は快晴になるとのことで、ふたりでドナウ河畔にドライブに行って、ヴァッハウのワインを購入してくることになっている。今年の夏はとても暖かかったので、きっと甘さののった濃厚なワインが手に入るだろう。七月に私たちはデュルンシュタインのホテルに泊まったが、それはドナウ川が湾曲する角にあって、眺望がいい。周囲はみな川にむかって傾斜する葡萄畑だ。私たちはそのホテルの部屋で熱い交感をした。ヴェニス以来だった。秀樹さんは激しく私に迫り、私たちは時の経つのも忘れて抱きあった。われながら、あれほどの快感をおぼえたことに驚いたものだ。そのとき私は、もはやこの男性からけっして離れられないのを感じた。明日はまた同じホテルで晩秋のドナウを眺めるのが楽しみだ。まもなく雪も舞うようになるだろう。

正式に契約したので、私たちは当分いまの家に住むことになった。私の愛するこの窓からの光景を私はこれからも眺めることができるだろう。公園、カフェ、わずかな翻訳、大学での聴講、ときおりの観劇、秀樹さんとの共住。私の生活はこれらによって構成されている。私はそれに完全に満足している。

あの躍動的な学生時代の、心身を突き刺すような喜びや、気のよいフランツとの甘美な幸福感に代わり、別のもっとゆるやかな幸いの時間がはじまっている気がする。もっと穏やかな、もっと安定した喜びの持続。それは心が深い秀樹さんとの落ちついた交わりから来るのだろう。彼に愛され、彼がかたわらにいてくれることで、晩秋の日輪のやわらかな光に照らされるように、私のこれからの日々は静穏なものとなるだろう。

窓の外ではまた風が吹きはじめた。近くの高いポプラが大きくゆれている。ウィーンの風はじつに激しい。闇のなかに横たわるヴェルトハイムシュタイン公園はひっそりと静まり返っている。いまや風以外にはもの音ひとつしない静寂が周囲を領している。公園入口の屋敷の灯火もいつしか消えた。そのなかにだれが住んでいるのか、いまもわからない。ポプラの上方に星がひとつ瞬いている。今夜もそれをしばし眺め、リスのために窓の外にパン切れを置いた。数日かかった翻訳をやっとおえたら、いつしか深夜になった。そろそろベッドに入らなければならない。

〈著者紹介〉

戸口英夫（とぐち ひでお）
1946年群馬県に生まれる。東京都立大学人文科学研究科修士課程修了。
中央大学名誉教授。専門はドイツ文学、ウィーン文化論。作家。

訳書として、
アントン・リーダー『ウィーンの森 ―自然・文化・歴史―』、ピーター・
ミルワード『大学の世界』（以上南窓社）、H・シッペルゲス『ビンゲン
のヒルデガルト―中世女性神秘家の生涯と思想』（教文館・共訳）など。

異邦人の孤独を生きて
― ある邦人女性のウィーン回想

2023年 6月 8日初版第1刷発行
著　者　戸口英夫
発行者　百瀬精一
発行所　鳥影社 (choeisha.com)
〒160-0023 東京都新宿区西新宿3-5-12-7F
電話 03 -5948- 6470, FAX 03 -5948- 6471
〒392-0012 長野県諏訪市四賀229-1（本社・編集室）
電話 0266 -53- 2903, FAX 0266 -58-6771
印刷・製本　モリモト印刷

ISBN978-4-86782-023-0 C0093